倉橋健一の詩を繙《ひもと》く

私の「読書ノート」から

牧田榮子

澪標

目次

装幀　森本良成

倉橋健一の詩を繙《ひもと》く

——私の「読書ノート」から

「梁になって」——徐々に軽くなりはしない

アメリカのオバマ大統領が来日し広島まで足を延ばしたのは２０１６年5月27日で、当日その様子はテレビで生中継された。来訪を記念しての演説や公園内をゆっくりと歩き原爆ドームにむかう姿などをみるうちに一つの詩がそこに重なった。「梁になって」である。この詩は『藻の未来』（１９９７年　澪標）に収録されている。その2年ほど前に著した倉橋陽子『闘癌譚』（深夜叢書社）の返歌として詩集は編まれた、とあとがきに記されている。『藻の未来』を読むうちに印象深い詩篇があり、それらは何かの折に頁の綴じ糸から抜け出るようにふと現れて目のまえの風景にかぶさったりする。「梁になって」もそんなふうで、原爆ドームの映像に最初の5行がするすると引き寄せられた。

一本の朽ちはてた梁が
崩れおちる寸前になって
落ちたくないと思っている

長いあいだ廃家らしくあるために
　この梁は踏んばってきたのだ

戦後71年のあいだ「朽ちはて」ないようにと原爆ドームは最新の技術で補強されつづけているおかげで外観を保っている。させられているというのが現実だろう。だからこの場合の遺構は「はてた」の過去形になってはいけない。原爆ドームに当てはめても、詩の場合も、朽ちかけたのほうが、あとに続く「落ちたくない」に素直に添えるとおもう。せっかく「廃屋らしくあるため」にいまのいままで「踏んばってきた」のだから。そしてあの姿がこれ以上朽ちて、果ててしまわないよう（人々の記憶を止めるため）に永遠に補強されつづけるのだろう。一連はさらにつづく。

天上裏の隙間から
洩れてくる光が
堆積する埃をむき出しにする
縁先の倒れた雨戸から
飛びこんできた鳩が

並ぶこともある

広島公園のたくさんの鳩もこんなふうに「並ぶこともある」だろう。詩にうたわれているのは木造家屋なのだから梁は屋根の下だ。昼も暗く、黴や埃が梁とは反対のきままさに身を任せている。天井板はすでに無いらしい。戸板や窓は閉ざされ暗がりだが雨戸の倒れた隙間から日がさせば、層になった埃をのせた梁の現実がみえる。鳩は無頓着に止まり木にしている。と、そうなっても廃屋は音なしの構えでじっとしている。ところが二連目になるとようすがちがう。

この梁が廃工場になっても
事情はちっとも変わらない
木造の梁が鉄骨になっただけだ
私が今いるところは
迷路のような階段
いく層ものベルトコンベアー
鉱塵に包まれた木製のエレベーター

沈黙色した照明具は
ぽっかり割れて穴になっている

木造の「廃屋」はがらり変わり鉄骨の「廃工場」になるが、うっちゃられたままという「事情」は共通している。しかし素材のもつ体温が別の雰囲気を醸し出してこちらは錆びたざらつきが明らかに木とは異質になる。せっかくエレベーターは木製とあっても鉄骨ゆえに雑巾がけできない硬さを肌に感じる。二連はさらにつづけてうたう。

梁は錆びて
ここでもおちたくないと思案している
その寸前の
美しい忍耐に
あこがれ
釘づけされている

おちたくない　おちたくない　何としても落ちたくない。そう思う行為があこがれへと昇華され美しい風貌になる。原爆ドームはこの境地にたっしているかもしれない。71年の歳月。爆心地への訪問が核兵器廃絶の願望、世界平和への思案が始まった日になるといったオバマ氏のことば。本当にほんとうに今度こそそうであってほしい。「錆び」と「美しい忍耐」が結実する日。これからの物語、遥かな空の下までおちてはいけない。最終連へ。

その日まで
もの狂いした雑草が
風になびいていた田舎道
先方には
休息に入ったトロッコの軌条があり
小さな鋳鉄橋の下を
川が流れている
むろん、ここでは小魚が棲息し
のぞきこむ
私を拒む
こうして不機嫌な歴史の一日は昏《く》れている

梁はどこからも崩れず
夜に組みこまれている

ここでようやくわたしが生身で風景の中にまじれるとおもった。「雑草」も「物狂い」も他者を静観しているようにみえて、「なびいて」ということばに温もりをかんじる。川も小魚も雑草と同じに自分を生きている姿がありほっとする。またこの連には改めて別の風景、ある日の新聞の記事が重なる。そこには30年ものあいだ立ち入り禁止であった西宮市北部にある旧福知山線の廃線跡が遊歩道へと整備されるとある。ＪＲ武田尾・生瀬間の複線化にともない用済みになった部分は撤去されないままになっていた。放置された状態のトンネルや鉄橋もある。このあたり山歩きをする人たちには知られたコースで、わたしも友人と訪れたことがある。ここでも「梁になって」に描かれる「――おちたくないと思案している　その寸前の　美しい忍耐――」の風景がある。置き去りにされたままに見えるけれど、山あいの四季の美しさや武庫川渓流はいまへとつながり、巡り合った季節や場所をいとおしく感じられるものだった。

自然の摂理や循環に割り込みして人はくらしを便利なように工夫してきた。落ちたくないと願望すると同じくらいもっと向上したいと知恵をしぼる。どこかにひずみが生じ「こうして不機嫌な歴史の一日は昏れている」わたしの好きな一行がここ。

廃屋も廃工場も鉄橋も人が目的を達するひとつの手段としてどの歴史を繰ってみても懲りずに作り上げた形ではあるけれど、自然界のバランス臨界を超えたことも知らないまま歩をすすめ、あるところからはかんねん降参して人知のおよばない悠久の時間に引き受けてもらうしかないのだろうか。ひょっとして、落ちたくない、ばっかりに抗っているのは人やもしれない。

「梁になって」(詩集『藻の未来』より　初出「火牛」30号)

「陽気なキャパ」——報道写真が伝えるもの

２０１４年9月には新聞紙面で驚くことがあった。過激派組織「イスラム国」（ＩＳ）の制圧から脱出しようとするシリアの人々４万５千人がトルコ国境を越える写真が載っていたからだ（9月21日　読売新聞）。その後も６５００人もが密航船にしがみついて地中海を渡る記事や、ミャンマーでの少数民族差別から逃れたロヒンギャといわれる人びと３０００人を保護したなど次々と新事実が知らされる。同じ地球で生きている人々の、日本とはあまりに違う現実がある。こうした生々しい記事を怯えるように見るとき、脳裏にうかび手にするのが『暗いエリナ』（１９８５年　白地社）だ。ここに掲載された詩篇の一つ一つは、１９６０年代のあの激しかった時代にあって、そこへいたる、丹念にがむしゃらに仕事の足跡を残して逝った、人々がうたわれている。彼らは社会を映す鏡のような生業を手に生き抜いており、倉橋健一はその声を聞こうとし問い続ける。例えば「アカシアの並木道」で登場するラングストン・ヒューズ。

あたらしい音程がよけいに狂いたがっていた
ポケットに手を入れると
そこだけは慣れているな
と指先で楽譜をおさえつけた

この最終連の綴じ方がジャズシンガーの後ろ姿の孤独を描写している。他の詩篇にも個性ある人物がうたわれている。わたしは「暗いエリナ」を読み、かのマルクスに3人の娘がいたことやその末娘がエリナという名であるのを知った。こんなふうに貧しいわたしの知識や経験では浮上しない横顔がほとんどで、詩篇とそこにまつわるエピソードが丁寧に添えられた注釈とを交互にめくりながらのおぼつかない読み方だった。そんななかで唯一名前を知っていたのが報道写真家ロバート・キャパになる。がこれも戦場をものともせず取材するカメラマン、という程度であった。しかし詩や注釈を読むうちに業績や時代、遺された写真そのものにも興味が湧いてきた。「陽気なキャパ」全49行を読む。

倒れゆく民兵《ミリチャ》
空はざわめきをやめている

省略するものもなにもない
忘れられる草いきれ

プロ写真家ロバート・キャパの両手の中でライカのシャッターは被写体と背景を一枚にして切り取った。1936年である。この書きだし4行で指がシャッターを押す直前、情景はスローモーションになる。いっとき呼吸をあずけ凝視するカメラマンの視線のなかで民兵は倒れていく。民兵の瞳のどこかに、執拗に追うカメラレンズの眼は映っていたのだろうか。「空はざわめきをやめ」草は草であるのを忘れ無機質化された瞬間、クカラッチャと呼びながら地面に横たわるまでのあいだ、何を見、何をおもっただろう。倉橋健一が眼を凝らし五感を集中してことばにしようとするその場面がここなのだ。さきに挙げた詩篇「アカシアの並木道」もそうだが、うたうものうたわれるそのひと詩人同士（双方が稀な詩人だとおもう）が、ある一瞬鋭く切り取ったまっ平らなそこに向き合った刹那同時に声を発し、共有が一致した瞬間をみるようだ。カメラマンはフイルムに捉え、歌い手は声に思いを込め詩人はことばでつかもうとする。そのとき被写体とぴたり合体する美があるから第三者に伝わる。美は何人にもある心の泉だ。

めくりそこねるカードのように
吐息がいま予定を狂わせる
裾野に暗い影が広がっている
（ネガのせいではあるまい）
死の淵へ一心に糸をひいてなだれている
うつくしい最後の胸
放たれたばかりの銃が空《くう》に舞い
白い耳が紋白蝶のように
（耳の位置のままで）ふるえている
クカラッチャと彼は叫んだ
と、そのときキャパは信じたろう
若いキャパはうつぶせになり
背中に敵弾の音を浴びつつ
倒れゆく民兵の胸をとらえていた
弾とともに時は枯れて
コルドバの戦線に早い夜がやってきた

暗殺される詩人、
というフランスの小説のことをふと思いだす
浮気女房という詩なら御当地の傑作だった

当時最新だった35ミリカメラ。カメラを覗くキャパと、レンズと、民兵と。可視化する放たれた銃弾。「死の淵へ一心に糸をひいてなだれる」時間が、ふるえながら白い蝶になる。美しい場面に描きだされた民兵のその瞬間をとらえたこの一枚で、キャパは世界の注目を浴び、その名を知られることになった。めくりそこねるカードの口惜しさが、哀しく歌いあげられていくここからの行は視野を広げながらさらに辛さを強調する。複眼レンズになって描写される民兵の孤独を他者のいたわりがつつむ。荘厳でかなしい。一枚きりの写真にある背景、被写体、カメラを構える眼、描きこまれている。

　カメラは随分と様変わりしている。２０１６年世界の夏を元気づけた第31回夏季五輪・パラリンピックリオデジャネイロ大会が閉幕した。カメラは遠距離からアスリートを捉え一秒間にとてつもないシャッターを押す。画面は鮮明というより「８Kスーパーハイビジョン」ともなれば迫力に圧倒されるだろう。現地にいるように臨場感が伝わってくるという（まだ見たことはないけれど）。そこから選び出された数枚が新聞や雑誌で報道される。

単純なわたしは、キャパが倒れゆく民兵を捉えた眼の奥にはそんな生の映像がありありと残っており、フイルム一枚の余白分量にその残像をやきつけたのではないだろうか、たとえ一枚こっきりの写真でも時間まるごとが生々しく伝わってくるのはそこにある無言の映像、などとおもったりする。昨今勃発するテロや内戦絶えない国での事件を知らせるビデオ映像はあまりに衝撃的で信じがたく、シナリオにそって創られた映画の一コマかと錯覚しそうだ。現実を忘れてはいけない。流れる画面に陽気なキャパはどこにいるのだろう。

そして、こうした映像をみるにつけ思い浮かぶのが、世界で活躍した在りし日の若い日本の写真家だ。被写体は違うけれど星野道夫も自然界の厳しさ美しさを捉えたたくさんの写真を遺した。過酷な環境に出向き危険に身を置き、ものの豊かさとは裏腹に地球に起きている偽りのない生物の「現実」を伝えようとした。おなじく無念のかなしみがまだ濃いフリージャーナリスト後藤健二の仕事はまだ記憶にあたらしい。過酷な紛争地帯を取材しつづけた動機。それでも引き返さなかったカメラマンの眼。そこに自分自身をフイルムにして、地域の裏側までを伝えようとした。死は重い。

キャパのカメラに焦点を戻そう。ピントをあわせ連続活写の24行目へとつづく。

倒れゆく民兵は

すとんと小石に躓くようにうしろへのけぞり
シャッターチャンスは
地に腰がさわる直前へ悟られた
きぜわしい光の音が手元を飛び
おい！　影ぼうしもくっついているぜ
生きているから
酒場《カフェ》に行こう
倒れゆく民兵
倒れながらの再生
ほんとうの死に血が馴染まず
眠る乳房を夢見ていた
むこうの谷間のかわいい娘よ
織れ！　死の迫る最後の響き
キャパはうつぶせになり
クカラッチャ、のハミングを
土をかみながら身代わりに口ずさむ

「ほんとうの死」と、肉体を温かく保っている「血が馴染ま」ないという一文が写真を通して現代に生き続けるキャパの表現の象徴におもえる。
ところで「陽気なキャパ」は『現代詩文庫１６６　倉橋健一詩集』（２００１年　思潮社）に収録され、そこでは若い頃から関西で共に活動続ける詩人清水昶がエッセイを寄せている。「「暗いエリナ」への手紙」と題したその一部を引用させていただくのは、現代社会がみせる繁栄の奥にある不安を怖がらずに凝視した先人たちがいて、（わたしはときおり口にする程度だが）さらに詩で追求する倉橋健一の姿勢を明解にしているとおもうから。階段途中の踊り場はしばし風景を見まわしてみる場所だとわかる。

……エリナ！　自殺したマルクスの娘。それにトロッキー、ゲバラ、ワイダの「灰とダイヤモンド」、ロバート・キャパ、ラングストン・ヒューズ、暗殺される「詩人」たちが主題になっています。まさに一九六〇年代を嵐のように吹きぬけ、つよい印象を残して去った「もの」たちです。……そこには「なつかしい現在」が、さらに深い現在を目覚めさせてくれていたからです。……ぼくらの世代〈あえてそういわせていただければ〉は、「風とライオン」ににているかもしれませんね。「ライオン」という権力を成立させつつ、詩的行間を「風」として吹き抜けていく「自由な風」です。歯ぎしりしながらも詩の役割は、そこで終わり、そして、そこにこそ表現の出発があります。……

表現の出発を力まずに引き受けられるエネルギーがあることを「暗いエリナ」は語っている。ユーモアややわらかさにある本気を、旋風になって通り抜けた先人たちをやわらかい精緻な感度をもつ視線が追う。終行まで。

世界がいつもピンぼけでも
あっけない幕切れでも
こちらへおいで
倒れゆく民兵
血をもろとも
靴音がとおくへしりぞいて
倒れゆくものの像がのこる
世界へ告知する

意思が揺れる

「世界がいつもピンぼけ」の状態でどんどん進化していく情報技術の高度化、ものつくりの自動化の反面では手作りの技術を、時間や手間をかけて会得するなど多様ななかでの選択もできるようになった。いい傾向と期待したい。デジタル・カメラが普及したおかげで写真を撮るのが楽になった。フイルム写真の頃わたしはどのくらいの失敗作を現像しただろう。要らないものは消去できる最近のカメラはほんとうに便利だ。しかし物によっては便利なそこに思考速度が追いつけない。情報を分別する間もなく次がかぶさってくる。判断能力までデジタル化されうっかりの間に更新上書きされるのは怖い。

詩集『暗いエリナ』の骨太い柱の人脈から発する熱さと憂い、受け取ろうとする詩の勢い、ＡＩ時代のスピードとはまた違う地面を駆ける速度を、今だから読み返したい。

「陽気なキャパ」（詩集『暗いエリナ』より　初出「火牛」13号）

「一本のマッチ」——回避しきれなかった暗黒の淵

苦み走ったいかついガンマンの口には今にも落ちそうにタバコがくわえられカードを繰る手つきが怪しげにみえる。板塀の影に隠れた張り込みの刑事が靴で踏み消した幾本もの吸い殻。こんなふうに、タバコにまつわる映像や流行歌の歌詞はわたしの青春とかさなって次々と思いだせる。ほんの70年ほど前にはいっしょに暮していた祖父母も父も、おいしそうにタバコをふかしていた。祖父母は煙管で刻みを愛用していたので火鉢の縁にトンと打ち付けて灰のなかに燃えかすを落とし、その後必ずぷっと息を通して煙管を煙草盆に収める。灰皿はたいがいの家にありマッチも台所に大箱が欠かせなかったし、小箱に印刷された宣伝が多彩でデザインを楽しみに集めている知人もいた。都会のレストランでは来店時に撮影したものを簡易マッチ箱に刷り土産に持たしてくれたりして、記念に取っておいたけれど……。今は昔のはなしだ。因みに『寒い朝』はあとがきによれば、1976年から5年間に書かれたものであると記されている。その当時タバコはまだ市街のどこででもぷかぷかしていたので、マッチも身近だった。生活様式の変容とともにすっかり目にしないせいかアンデルセンの童話『マッチ売りの少女』をすぐには思い出せずにいた。気をとりなおして「一本のマッチ」を辿る。行間の気配はともすれば暗渠を閉じる朽ちた板のそぶりで横たわり、迂回すれば謎をからめ迷路をつくり後戻りを拒まれる。『寒い朝』表紙の写真にある女性のポーズに気をほぐされるのは、これも巧みな戦略か？　とっかかりに手こずりながらも「一本のマッチ」一連から順に読む。

匂いを嗅ぎながらゆく
道がしなり先が見えない
たどりついたところが細い三叉路
右手には匂いがつづいて
左手には壊れた錠前がおちている
ふと忘れ物をした気になる
振りむくと来た道には粉雪が舞い
もう足跡が消えている
チックタック　チックタック
と時を刻む音がする

灯を消したレストランの前の
マッチ売りの少女を型どった時計の音
来るときには見なかった
冷たい風が肩をなでる
肩を抜けて匂いの方角へ雪を運ぶ
チックタック　チックタック
こちらでは錠前が音をたてている
ふれると　砂糖菓子のようにくずれおちる

誘われる匂いは、タバコだろうか、マッチを擦ったときのツンと鼻をつく硫黄だろうか。しかしひとこともそう言ってはいない。「匂い」に引き寄せられて進んでしまうのは不思議な小道具の存在にある。「錠前」「忘れ物」「粉雪」と連想ゲームのようにつなげさらに、「チックタック　チックタック」と、意識を注ぐため聴覚までも動員される。しかし「見えない」「おちている」「消えている」「見なかった」「くずれおちる」というふうに、見えてくる物、現象は視野から消され、どんどん行動が否定されつづける。でも進むことを止めない。「少女」や「砂糖菓子」がポップにあらわれ警戒を和らげほぐすけれどそれも束の間。誘われて入り込んだ路地の謎を引っ被ったまま二連へ、その道はつづいていく。

ロゼットの野につく
五月になったら罌粟《けし》の歌をうたおう
と思いながら寒さを避けて踞っていると
倒れた人のことを思いはじめる
はじめに生まれてまもない寵子《ちょうし》が倒れた
二年たって母がみまかった
つづいてその人が倒れた二十七歳で停止《ちょうじ》した
翌年には妻が死んだ
その人の粋《いき》なお伽噺は馬鈴薯の花に降りしきる雨
病名ばかりが小さな家点
チックタック　チックタック
と窓ガラスには棘のある雫がおちた
かすかに揺れる十燭電燈を見ていた
もう行くの　とその人へ妻が言った

彼岸行発車を告げる少年駅夫の声を聞くと
鬢《びん》の古い傷あとに雪を溜めた
行かないよ　文字のないところへは
チックタックと鳴る音なんかに
吸われないよ
胸の翳しに錠をかけて

はじめに受けた印象では寂寥感がただよっていたが、華やかなロゼット（バラの花型に結んだ飾りリボン）の野ではあるし、罌粟の花が咲く軽やかな五月の空でほっとする。と間もなくきびしい現実が現れる。ここに置かれた「生まれてまもない龍子が倒れた」「母がみまかった」「二十七歳で停止した」「妻が死んだ」といった象徴的なことばの連なりをなぞれば、本人はもとより母、妻、こどもとつぎつぎ倒れてしまったのだとわかる。しかしそこはかといたわりが見えるのは、そんな不幸のかたちを「馬鈴薯の花」の花や「少年駅夫」の少年が敢えてそこに居て見守っている絵に温みがあるからだろう。書き手倉橋健一の心情がそうさせているとおもう。妻と詩人が交わす会話、「行かないよ　文字のない所へは」にもおなじ眼差しがみえる。生前の詩人は自らを駆り立てて家族を養うべく奔走した。

小説家になることも考えたがうまくいかない。ひょっとして病魔に侵されず命が永らえていればそれもかなったかもしれない。いいこともあり辛いこともあった人生、二十七歳は若すぎる。呪文か経のこえに聞こえるセコンドの音が、生き物の顔して行間を歩き、もうとっくに遠慮もなく生の前を横切る。運命の呪縛の音にもきこえて文才ある詩人を捕まえる。どうなるのだろう。

匂いを嗅ぎながらゆく
罌粟畑はいまが盛り
薄紙のような四つの花弁がゆらゆらと揺れている
チックタック　チックタック
罌粟にしくまれた機械が刻みつづける
手袋を脱ぐと花形に身をもたせて
たしかここで二十七歳で停止した詩人
のことを思ったことを思いだす
その直後夢の気がかわり
すばやく駆け抜けるものがあったな

葱の香よりもまぶしくて
箸をもつ安らぎよりもとおいところを
一本のマッチをすってのぞきこんでいた
牛の生首に似たたくましい比喩で
咳をする人がすぎていた

匂いにつられて罌粟の花咲くのどかな日和を、しかし「チックタック　チックタック」に捕まり歩き続けた重い足がようやく止まる。最終行6行の緊張への仕掛けだ。真逆を平面に並べる辛い緊張感がここでまっていた。

詩集『寒い朝』に添えられた注で明かされる。明治末期の近代日本に名を遺した石川啄木（明治19年～44年）である。生まれてまもない寵子とは生後間もなく身まかったその長男であると記され、さらにつづけて眼を凝らせば二七歳の自らも、妻、母をも奪った病名は結核であったとある。部分にリンクさせるのが『マッチ売りの少女』だ。懐かしいこの童話に再会したもののどちらも舞台の終焉が哀しい。全編を支配するような「チックタック　チックタック」の文字が不気味に耳の奥に残る。間断なく聞こえる時計のセコンドの音は無機質で容赦ない。自分は先が見えない。見通しのなさはひとを不安にさせる。マッチ売りの少女の不幸にもだぶる病魔にとりつかれるこの境遇。実際家族を養うために生活を立て直そうと試みながらも窮地から脱出することはできなかった。このあたりの様子を砂糖菓子に例えているのは残酷さをオブラートで包むようですこしこころが安らぐ。

　若い才気ある詩人の野望や家族を守ろうとする努力を18行に描いた最終連は、短い生涯を辿る俯瞰視野ながら、当人からすれば心ならずもたどってしまった無念さがある。具体的にどうだったこうだったという羅列よりもかなしみの深さ無念さ、そこをかばっているような紛らし方に読み取れる。全編とおしてみるとき一連を序奏に設えてあるところ、逆境から抜けたくても脱出できずにあらがい通過する姿を「チックタック　チックタック」と止まらない時計の音に託された運命の方向。死で救われるとは思いたくないけれど、何度読んでも終行6行は苦しい。「葱の香よりもまぶしくて／箸をもつやすらぎよりもとおいところ」は願望の心残りが見え悔しくて悲痛だ。それにしても最後に牛の生首が登場するハプニングはショック療法を浴びたようで、しかも人物の思いを象徴しているようで、詩のドラマ性を見るところだ。

　また全編に置かれる語彙にも注目したい。例えば「錠前」「寵子」「みまかる」「停止」「家点」「「十燭電燈」「少年駅夫」「胸の翳し」そして「マッチ」と2000年代にはほぼ日常耳にすることもなくなった言葉たちだ。『寒い朝』が編まれた1984年あたりの日本の暮らしが映し出されている。２０１６年になり、読み返せば新鮮に思えると同時に、詩に歌われた登場人物の存在感が歴史性を帯びた姿でそこに見えるのも不思議な実感だ。

「一本のマッチ」（詩集『寒い朝』より　初出「新文学」79／1）

「おばばの美しい話」――こうして物語ははじまるのだった

樹々が日ごとに若葉の色をあたらしくする初夏になると居住しているビルの窓に澄んだ小鳥の鳴き声が聞こえる。いつも屋上の同じ個所で鳴きはじめる。そこには貯水槽や空調機がありその陰にハトがくつろいでいる。その小鳥は数年前から一羽だけでやってくる。目を凝らして声の辺りを確認するとハトより小型の地味な色合いだ。ピルルロリ　ルルルみたいに抑揚のつぎは小間切れ、などしてひとしきり鳴き続ける澄んだ声は、いちど耳にすれば忘れられない響きがある。美しい鳴き声だから姿や名前が知れないのがじれったい。この地域は海と山が徒歩圏内にあり、海岸沿いからも高倉山、鉢伏山を端にする六甲の山峰がのぞめる。パノラマになるこの風景のなかには燕やトンビなど渡り鳥をはじめ日々声を響かせ餌場の観察怠らない野生の小鳥があまた暮らしているのだろう。

「おばばの美しい話」も野生動物の話で、冒頭しょっぱなから緊張がつづく一瞬に隙を狙われるという弱肉強食の世界となる。ビルの谷間に安息の塒を得ているハトや、ほんの止まり木ふうに現れるあの小鳥も、常に身の安全を優先しながら生きているだろう。

恐しいのは風下《かざしも》じゃよと
キリンになった経験をもつおばばは
耳朶を唇に吸い付けると唾を呑みこみながらつぶやいた
ずるずると首がのびて
山裾までは一目瞭然じゃったが
夜ともなると見えないから始末にわるい
風下からは忍び寄る怖い奴の足音も匂いもせん
んだから賢こい肉食獣になればなるほど
そこからばかり襲うてくる
ひとったまりもない
いのちを開けっ放しにしてたのも当然じゃ
おまえの父御《ててご》もそうじゃったぞ
風下から飛んできた爪の一裂きにやられて脊髄がのうなった
おかげでおまえは父《てて》なし児じゃ

いきなり「恐しいのは風下じゃよ」と声を掛けられた。驚いて振り向きざま「キリンになった経験をもつおばば」だと相手は名乗る。逃げられない強引さでぐいと鷲摑みにしたまま「耳朶を唇に吸い付け」つぶやく。これは肉食獣の狩りから身を守る草食獣の緊迫した姿勢。すごみさえ感じさせる。「ずるずると首がのびて」きた。お化け屋敷のろくろ首が一瞬目に浮かぶが、首の先に乗っかっているのはおばばだ。「ずるずる」が不気味で薄気味悪い。長い首はいつ不意を突かれるやもしれない野っ原では、身を護るための必須アイテム。それもこれも父親が風下からの襲撃を受け、つらい教訓になった。「いのちを開けっ放しにしてた」ばっかりの結末になる。この大悲劇に失意のおばばは、残された「おまえ」を育てるために足も首も長いキリンになった。そうすればせめて遠くを見回せる。ちょっとでも早く危険を察知できる。

キリンだった頃おばばはまだまだ生気に溢れていた
座ると首をば後ろにのけぞらせて
頭をば腰のあたりに乗せて
ゆらりと眠った
臆病な獣たちはみな風下にむけてたったまま眠った

じゃが、とおばばは居眠りしながら回想する
わしは人間の知恵袋を持っとったから
そこはひるまぬことが一番じゃと思うたもんじゃ
せわしげじゃったが疲れは知らなんだ
そうじゃそうじゃ疲れは感じるまいと思ってもいたもんじゃった
あんなに長い首の先っぽに目ん玉も口も鼻もついていたのじゃから
つむじ風に叢が揺れるはるかかなたも一望できたが
そこから伝わってくるものは危険信号ばっかりじゃったぞ
それでもわしは首をば後ろにのけぞらして寝た

幼い「父なし児」を育てなければならないから、自分を叱咤激励していたのだろう。子育て真最中の若い母親が疲れないはずがない。そのうえ若さがときには疎ましくなる。その葛藤は余程の覚悟がなければこどもが犠牲になる。世間では「人間の知恵袋」もありながらこんなとき活用できずに悲劇になったりする。そこを回避させるのは周りの援助でありチームワークだ。苦境にある母親をサポートする手はいくつも要る。「そうじゃそうじゃ」と連呼するのはおばばの自分を励ます声「そこはひるまぬことじゃ」と同時に、周囲

を巻き込み促すはやし言葉にもなっている。同時におばばの言葉づかいが豪快で性格の豪放磊落ぶりはなんだか気がかりでもあり、放っておけない魅力になっている。おばばの話は面白おかしく躍動感をもたせて続き、三連からは成長した「わたし」がそこに加わり、きびしい時代を生きた安堵のかたちが見えてくる。

母《かか》さまは産褥でなくなったので
わたしはおばばの手ひとつで育てられた
キリンとして育てるか人として育てるか
まだ若かったおばばはたいそう悩んで
眩暈の日々が長々と続いたそうだが
決め手になったのもやはり風下の経験だった
警戒ばかりでは退屈な食われてもいいから眠りこけろと
ええいとばかりに世界《まわり》を無視すると
イシガメそっくり
這い這いしている無警戒なわたしが視野に入った
のろま奴！　そいじゃにんげんに育て父御のように死なせるか

ときめたのだと
そこからは滴を垂らすようにキリンの長い暮らしについて
ゆるゆると語ってくれたのだった

ひとは気丈をかこち日々神経を尖らせていると病んでしまう。「食われてもいいから眠りこけろと／ええいとばかりに世界を無視すると」程よい時間配分が按配よく出会いをつくり何か動かし意外や、具現化されたりして。そうはいっても「眠りこけろ」には大抵の覚悟がいる。そこをユーモラスな語り口で緊張を緩めている。あかるくてたのしげにみえる語りにつられ筋書きを追えば、重く暗い履歴になりかねない内容がさもおもしろげに、屈託のない生きざまに傍には見えるから不思議。

「――じゃよ」「頭をば――」「――知らなんだ」「ええいとばかり――」「のろま奴――」などの会話口調ですすめていく軽快さ。

「イシガメそっくり」「そいじゃにんげんに育て父御のように死なせるか」といった説明を省いたスピード感のあることばの置き方。

この仕掛けが道順に用意されている。ドラマはこの歯切れがバランスの良さを生みぐいぐいと最終連まで興味を惹きつけたままだ。「滴を垂らすように」とある長いきびしい暮らしぶりだったおばばの昔語りは、何べんでも聞きたくなるだろう。ほかにもおばばはどんなことを知っているのだろう。

『唐辛子になった赤ん坊』には作者の略歴もあとがきもない。一冊丸ごと読み手の咀嚼にゆだねられる。「おばばの美しい話」は詩集の巻頭詩という位置から推察すれば、これから始まる何かの暗示めいている。と、頁を繰るうちに疑問も生じてくる。草食獣は本能的に身を護る術をもっている筈なのになぜ、だいじな命を「開けっ放しにしてた」のだろう。はたと息をのんだ。「父御」は決して無防備ではなくて不意打ちをされた。恐らくそこはいくさの場だった。防ぎようのない所に命を置かなければならない戦場という場をおもう。戦争は人がつくりあげ、どんな理屈も正当化させ理性を見失い弱肉強食の牙をむき出しにしてしまう。「いのちを開けっ放しにしてた」のはこの事だろう。そうして「父御」はやられてしまった。赤ん坊とおばばという組み合わせの先にわたしはこの家族のふるさとを思い描き、そこに年月やひとたちが交叉した歴史を考えずにはいられない。事件もあり複雑なドラマも生れる。目次を追って詩篇を読むうちにその風景にこめられた作者の愛情や誠実な向き合い方を行間に見た思いがする。第一章「媼のいる風景」ではおもにこどもの頃が描かれている。「おばばの美しい話」は亡き父親への思慕と追悼のうたになるのだろうか。他の詩篇では時には「ひばば」も物語を引き受ける。幼少の頃あそんだ昆虫になぞらえて故郷も美しく描写される。二章「お籠もり気分」、三章「わが荒野」と読み進めば、ここには故郷を離れて暮らすようになったながい年月があらわれてくる。とつおいつ語りながらもそこここに顔を出すのは「おばば」や「母親」「父親」「おとうと」だ。愛する家族と共に故郷をみており、思い出の中にみえる折々の生きざまが、向き合ってきた年月が映し出されている。詩のかたちで自分史を編んでいる。どの一篇といえども力を抜かず目こぼしせず一つ一つの完成をおきながら編み上げるふるさとのうた。ひとの重さと偉大さを実感させられる『唐辛子になった赤ん坊』といえる。

しずかな朝の窓にまたあの小鳥の澄んだ音色がまぢかに聞こえる。

「おばばの美しい話」(詩集『唐辛子になった赤ん坊』より　初出「イリプスⅡ」5号)

「失せる故郷」——やがてことばに連れられ記憶を辿る

生まれ故郷をあとにするきっかけは何なのだろうか。生地を離れ生きる生涯に、生地はどう左右したのだろう。こんな答えようのない問いや疑問が湧くのは、故郷ということばには不思議な吸引力を感じるからだとおもう。故郷に居つづける者も離れて暮らす者も理由はそれぞれであり、その後のながいながい時間を並べてみるとそれは別々のようでいて、どこかで影響し合っている気がする。縄をなうように引っ張り合い絡ませあって直接間接的には互いに因果の関係性をかたち作っている。また、故郷、というだけでなぜかそこは永遠に豊かさが約束されている場所、という印象がぬぐえないのも、天女が羽衣をまとうような不思議なことばの力のせいともいえる。

「失せる故郷」を読むとひしひしとそう感じられて切なくなる。切なくなるのはことばの持つ郷愁が体内のロマンを呼び覚まし誰もが当然共有していると錯覚する身勝手な懐かしさのまま思わず出てくる吐露だけれど、何にも代えられない喪失感が〈失せる〉ということばで具体化してしまうから。同時に曰くありげなこの詩の題がしめす深部へと興味はむけられる。詩は事のいきさつを語りはじめている。

果実づくりにも明け暮れた思い出の帳《とばり》から覚めてみると
小憎らしいほど懐かしんでいたはずの（あの）森も
逐電して今はない見渡すかぎり身代わりの荒野
照らす弦月光も粉塵になって
こうなると出番はもう百年前からの腐れ縁の
苗字のみしかわからぬ遺棄死体にたよるしかない

そこは代々守りつづける精根込めた果樹園であり、生まれ育った場所でもある。そこでの朝な夕なの一コマは何かの拍子にふいに鮮やかに記憶から浮かび出る。「小憎らしいほど懐かしんでいた」という表現がうまく心情をあらわしている。折々のできごとが否応なくそこの箇所に結びつけられ、そのたびに鼻が低くなったり高くなったりする「——はずの」と、立ち止まるところが笑いを誘う。が、いつのまにか「逐電して今はない——」とはいったいどうしたというのだろう。

何ごとも維持していくのは骨のおれること。失くしてしまうのはあっけない。逐電とは稲妻を追うようにすばやく行方をくらますさまの、それがいったいどうした身代わりであったのか。混沌を必死で照らす細い月さえ吹き飛ばされるほどの時代の波をかぶり、誇りにしていた森の姿はない。因果が辿った痕跡はかすかになっても縁の糸にひきよせられる。

ここで「身代わり——」とあるのが気にかかっている。犠牲はひとなのか或いは出来事など、時代がらみなのか。いい話ではなさそうな気配がする。詩篇に横たわる「遺棄死体」の「苗字のみしかわからぬ——」なんて、謎めき厄介げになった。事の顚末を読み解く糸口はあるのだろうか。

反面、故郷から離れずにいた側からすれば他所はどんな風景になるのだろう。地理的にも気持ち的にも発生する距離という隔たりの有無。冒頭で触れたひとそれぞれの現実がある。窓ガラスの水滴が膨らみながら下降するように時代の変遷は生き物みたいに動く。簡単に布で拭き取れやしない。いやもしかしたらガラス戸ごと外されて水滴予防の策を講じられたのかも。次の連がつづく。

そこでは討たれたものの意趣調べになる
といっても籤運《くじうん》にめぐまれなかったものと言いかえても大差はない
ああこんなこともあったり（半身ばかりが腐乱死体だったり）

魔除けの儀式にもまにあわず
順ぐり海上濃紫の廃油に浮かぶ小舟のなかの難民
魚類の骨獣の骨にもなりかねずいまだ漂流の日々をかさねて

荒野を海からあふれたつむじ風がすぎていった
ワレ、スデニ死セリ、と差出人不明の電文が
血栓に病む老いた村長《むらおさ》を脅かし
途方にくれた村長はひたすら落命予定の日付を入れ替える
ああ死に変わり生き代わり
単壁《ひとえかべ》の割れ目から覗き見するものすらもう居ない

死者を鞭打つなかれという詩人の根底にある意志軸が、意趣調べさえ風の力を借りて性善説に沿おうとする。「――籤運にめぐまれなかった――」だけのことだよ、と。人生は風任せ。世間を揶揄するように浮世風が渦を巻いて吹きぬける。風向きは変わるものだよ。「――老いた村長――」は土地で生き抜いている善良なひとなのだろう。ひとはこうして数多の手をわずらわしながら終には風になるのだよ。「ああ死に変わり生き代わり」の、生き

代わりがそこをみつめている。どこからともなく風が生まれるようにひとの裡に湧き上がる渇望感は生きている証だもの。最終連。

思い出の裡なるわが帳《とばり》よ
荒野にさ迷い込んだ船霊《ふなだま》の最後に
どさくさに野火に立ち尽くすこともあるむごい錯誤よ
海なのか地なのか境界すらさだかならず
錯乱のなかの単位雄々しかろうと破廉恥だろうとおかまいなく
覚める直前の帳のなかの長い吐息

故郷を「思い出の裡なるわが帳――」といっている。ほかには表現のしようのないことばだとわたしは思う。愛しさと懐かしさが垂乳根の意匠をまとい、荒野になろうともつむじ風になぎ倒されようと愛する帳があるかぎり胸のここにある。

ここで難民とあるのが胸を打つ。迫害をうける、温暖化で水没するなどして暮らしが成り立たなくなるのは、戦闘絶えない地域や地盤の低い地域ばかり色濃いのではない。豊かだといわれる日本もよくよく見ればどこか該当している事柄がある。必要なところに届かない医療や介護、日常の買い物、ひとの社会に接触できずに孤立したり子育ての羽からこぼれ落ちたりなどの数々が、一見豊かで便利にしている隙間に潜み、たびたびマスメディアに取り上げられ白昼夢になる。すでに驚愕のフラッシュを過ぎて深刻になろうとしている。暮らしの目途が立たなければどこの国に住んでいても同じ色合いになる。そうした身近な現実が三連に描きだされた風景になり不穏な影が不気味によぎる。しかし最終二行には投げやり気にみえることばに飄々とした強さを感じる。それは引き受けるものとやり過ごすものを見極めようと真摯に向き合う姿勢が、「——長い吐息」の長いにあり、覚悟がそこにみえるから。

もしかしてこの詩は、「思い出の帳」「意趣調べ」「籤運にめぐまれなかった」ところにばかり目を奪われていたけれど、最初から、地球上に増加する国を出て彷徨う人々、あるいは日本の近未来の風景をうたったのではなかろうか。ながく住んでいてもいなくても故郷は何なのだろう。とまた冒頭の問いに戻る。詩篇に隠れている気配が風になって枝をゆする。故郷を遠くにしてながいわたしはじぶんなりの様々なできごとが想起される。読後感にふつふつと、次世代を担う若者たちを応援したいきもちがいっそう強くなった。

「失せる故郷」（詩集『失せる故郷』より　初出「イリプスⅡ」20号）

「胎内遊泳」——樹冠に揺られ温かく再生する

細い枝の先で時節の到来を待つ葉や花の芽も暦の順繰り啓蟄から雨水の、いかにもその気らしい雨がふれれば、木々は呼応するように冬のかたい殻をほぐしはじめる。やがて3月もなかばをすぎ、桜の花芽は日数もかけずに2分咲き5分咲きへ華やぎを増す。ところがこの季節にはたびたびの雨や強風が、咲いたばかりの花にも容赦ない。花散らしとか花冷えなど、趣ある洒落が寄りそいはするものの、いかにも辛い。しかしそのあいまにも必ず陽光まぶしい日もあり、桜を透かしてみあげる空にかわりゆく季節を感じずにはいられない。夜になれば、このころの満月が装う解放されたような明るさがことさらに春めいてなんだか風景が笑っているようにみえる。

はなから桜の話になったが、「胎内遊泳」の幻想的な光景が、ここ数日のあいだに桜色に染まっていく並木の風景と重なってみえるせいでもある。詩は桜の精霊が舞っているような雰囲気に包まれている。人生の旅路も後半にさしかかり、白い貝殻がさざ波に戯れる姿に似た懐かしい母親への思慕は、はるか遠い記憶をゆっくりとたどる。そのみちすがらの

さまざまが朧月夜の桜に連れられ浮かびあがる。画面は穏やかでしずかな至福のひととき
をおもわせる。
その胎内にいてもそれからも、母と子の関係は絶対で、綴られてきた模様は互いの存在
のあかしだ。懐かしい色がひとつひとつ点描されていく。

母親の胎内は
折りかさなった星屑の真下にいるほどに
はてしなく明るくはかないものと
胎内から択り出されて
ずっとのちになってからも
くり返しくり返し信じ思いつづけた

それが幸福の素になるとは思わないが
そうでないともいい難い
わけ知らずわたしのいちばん好みの灯明は
なんといっても明治の初期銀座にはじまった

青白いガス燈の放つあの色調に尽きるが
その原因もどうやら母親の胎内で見た暁闇からはじまっている

「折りかさなった星屑の真下にいるほどに／はてしなく明るくはかない」という胎内の情報は神秘的で、この2行のなかからどの単語のひとつも欠かせない。母と子が許容したひとつの器を、神聖に永劫性を込め、唯一無二だと他者に伝え得る2行といえる。その神秘さにある「はかな」さこそが、胎内で知った幸福の姿だろう。「と」に信じる力がこめられている。絆は以来繋がれている。母親が若いころ銀座でみたというガス燈の灯はいつしか母と子が共有する場面の合い鍵になりふとした弾みに扉が開けられタイムスリップする。そこは隅々まで知り尽くした共有財産になっている。

とんでもない生きものの胎内に物象などあるはずがないのだ
だがわたしのなかの幼い母親は
かろうじてじぶんがまず母親であるためには
わたしという未生児が必要だったのはまちがいなく
ちょうどおむつをつけたままの幼ごがおむつ遊び人形に夢中になるように

身妊る前から共犯関係をしいたのだった

そういえば母親の胎内には深い樹液もあった
広々とした樹冠《クローネ》に抱かれてひっそりと揺られながら
孤独《ひとり》をかこつために睡り
孤独をかこつ自由もこんなふうにあるのだと
とおいとおいところからの声で
未生以前にすでに聞かされていた気がする

このふたつの連はそっくり母親の身になった視線になる。母親の姿は年齢をさかのぼり、一人の若い女性として描写し、その心模様を透視しているかのようだ。「共犯関係を強いた」という言い回しは母親を孤独にしてはいけないと擁護するやさしさ。母・こども・父をつなぐための糸は一方通行ではない。寂しさは明るい樹冠が紛らわしてくれる。今ちょうど満開の桜が放つそれと似ている。しかし桜がみせるひかりよりも温度を感じるのは、交信不可能な次元とおぼしい世界に会話が伝わっているたくみな描き方のせいだろう。桜が散りはなびらが二度と枝に戻れないと知るあの、はがゆい視線をここでは感じない。

「広々とした樹冠に抱かれてひっそりと揺られながら／孤独をかこつために睡り／孤独をかこつ自由もこんなふうにあるのだと／とおいところからの声で／未生以前にすでに聞かされていた気がする」いつでもたちかえり安んじ再生する輪廻の場所を得ている。ここにある5行の幸福感は、親子の関係だけではなく母の人生を、自分の生い立ちを、ふかく慈しんでいる。

最終連で生気のある呼吸が笛の音とともに飛翔する。

ある夜老いたわたしが見た夢のなかでは
胎児のまんまのいまわしいわたしは
じぶんが今胎内でつくられていることをちゃんと知っていて
どこからか誘いかけてくる笛の音を聴いているように睡りつづけ
目覚めると
樹海のなかをむささびになって飛びまわるのだった

いずこの若い母親も、子育てする強さと共に不安な未知の糸の線上を歩いているもの。こどもをおもんばかる若い母親の視線は緊張と幸福を行ったり来たり。樹海の生命力の安息がバランスよくこの時期を補完していなければあっけなく細い糸から転がり落ちる。と、そんなふうに思えるのも母親と手をとるようにして歩いてきたからだろう。それもこれも年月とともに遠ざかるとおいとおいところ、気がつけばまたそこに舞い戻り問いかけている自分がいる。今は拒絶も否定もしないミルク色の霧につつまれ、桜の守り人がつくりあげた仕上げの時間のように、満足の微笑がみえる。「孤独をかこつために睡り／孤独をかこつ自由もこんなふうにあるのだ」というところにそれはあり、「未生以前にすでに聞かされていた」新たな自覚が、ながい人生をふりかえり語れる安堵感をにじませている。むささびならずとも蒔は胎内であり、母親はこどものなかで生きつづけている。

桜回廊になっている詩は、最終連からまた最初の第一連に遊泳し「折りかさなっ」てひろがる桜の花や枝垂れの幾重もの「はてしなく明るくはかない」彩色の中にまた浮かんでいる。それはまぎれもなく「幸福の素」の存在を知っているからだと思う。いいことばだなあ。この「幸福の素」は自分で探さなければ、あるいは気づかなければならないのだろうか。社会の歪みでうずくまる親たちよ。こどもたちよ。「星屑の真下」にいて「胎内から択りだされ」この世に生を受けたひとりひとり。しかし、明るい太陽の恩恵を受けられないまま、記憶を懐かしむ間もなく、肉親の胸中を忖度する時さえ得られないまま、逝ってしまったとしても、樹冠に抱かれて揺られるうちに温かみを再生し「幸福の素」につつまれると信じたい。

「胎内遊泳」（詩集『失せる故郷』より　初出「イリプスⅡ」21号）

「幻術を使う子ども」——ほら、みちばたの草々が此方《こっち》をじっと

子どもの頃に聞き覚えた昔話のなかには不思議でならないけれど憧れていたものが幾つかある。話の題名は定かではないが、天狗の団扇、打ち出の小槌、隠れ蓑、藁しべ長者、鉢かづき姫、鶴女房など。それぞれが宝の小道具を持っておりわたしも欲しくてならなかった。実際に「今こそあれだ」という場面がままある。反対に怖いのもある。相手を睨みつけるなどして氷や石にしてしまうあの魔法。目の前で血が凍るほどのおどし文句をはかれたり、じわーっと恐怖に絡まれたりすると、魔法を使ってる——と震えおののく次第。「幻術を使う子ども」をなぞっているうちにそんなこんなが次々と頭をよぎる。とりわけ人間以外の言葉を聞き取る「聴き耳頭巾」の話にイメージが重なる。「聴き耳頭巾」にまつわる昔話や伝承は沖縄や福島、新潟など人物や持ち物はちがうけれど似た内容がみられる。助けた魚に話しかけられたり、氏神様に授けられた宝頭巾をかぶると鳥の世間話が聞えたりする。そのおかげで長者や殿様の隠された困りごとを解決でき喜ばれるけれど、興味深いのはのちのち悪用しないところ。身に余る褒美をもらい有難く生涯の宝物としてたいせ

つに、満足感で幸せに暮らす。何度も取り出してさらにあれこれを望んだり企てることもない。昔話にある幸福度はあくまでも一般庶民の人々の日々のくらしに視点がありここを動かない。

さて「幻術を使う子ども」は、連を変えずに四十一行。題名のとおり「子ども」が幻術を使う件となる。どんな子どもだろうか、使うのはどんな術なのかと興味が湧く。こんな場合いつも思うのだが、いったいその当人の日常はどんなふうで、どんな顔つきなのか。我々にある衣食住のこまごまとどこがどう違うのか。まるで野次馬めいているが知りたい。こっそりついて行きたくなる。さらに叶うことならば幻術使う瞬間をぜひ目撃したいものだが、そうやすやすと凡人の両眼だけでは目撃できそうもない。

この老いた顔立ちの幼なごをもつ母親は
その子がどんなおもちゃにも知らんぷりするのも
寸毫たりとも訝らない
髭だってふんだんにたくわえているのも
十分に自覚しているこの幼なごは
母親がかぶせる頭巾だけはすなおに受け入れるが

縮こもる肢をちょこちょこ発条《ばね》仕掛けのように出し入れしながら
あきれるほど自信たっぷり
飄飄と行き過ぎて
無関心を見せつける

おやおやこの子は老人の顔つきで髭を生やしているという。しかも誰もが喜ぶようなそんじょそこらの玩具は見向きもしない。寛容な母親はうわさ好きな世間の視線を、取り敢えず頭巾を被せることで避けているが世間は世間、とすべてを得心した腹の据え方とお見受けする。当の「幼なご」だって、こそこそしていない態度が何とも見上げたものだ。その行動は親子してこだわりがなく、つねに超然とものごとに接するので、世間でもそれがこの親子の当たり前、普通になっている。

おッ　そんな母子《おやこ》が連れ立っていると
魚屋に並ぶ鮟鱇、青魚《にしん》、鰯、太刀魚、蝦《えび》に貝類ら
ことごとく未生以前からの生きものら
知らんぷりするのもかまわずぴんとはね

馴染む目付きでいっせいにこの子を見る
束ねられた店先の静寂
たまたま行きあわせた筆者は
老成した幼などがすごい幻術を心得ていることを察知する
風になったり気圧になったり
ぼおッと四叉路を汽笛に似る音、泡立ちの気配
そこではくたびれた風情のこの子そっくりの幼などがもうひとりいて
あぐらをかいて
「果てしのない不眠不休の労働中」
と書いた破片《ポスター》をたかだかとかかげ
笑みを浮かべて
甦る魚たちを扇動する気配

やはり、隠れ蓑をもっていた。飄飄としていられるのはそれ。しかも母親のあてがう頭巾は聴き耳頭巾。「束ねられた店先の静寂」の怖さ。「たまたま行きあわせた筆者」の眼はすべてを見透かし、これから起ころうとする出来事を素早く判断した。事件現場に居合わ

せた報道特ダネ記者の眼になっている。「老成した幼ごがすごい幻術を心得ていることを察知する」この一行を挟み、ここから話がこちらのものとなる。「果てしのない」この出来事とは生きとし生きるものたちの繰り返される弱肉強食の社会組織の在りようだろうか。統率する側、される側どちらも生存競争社会の掟がある。闇のからくりもあるらしい。「果てしのない不眠不休の労働中」は風にもなり気圧を動かして扇動する。迷い込んだ魚たちは捕獲され送り込まれる。どこへ？　呑気に歩いていては「たまたま行きあわせ」ても気がつかない一般の人々だけれど、忍法彼岸と此岸出入りの術を心得る「筆者」は、かの世界の一部始終を目撃した。

何も知らないで通り過ぎる人びと
筆者だけがそうはいかない
人生はしっかりやらねばならないぞと
身震いしながら直立不動の姿勢をとる
老いた顔立ちの幼なごよ
おまえはすでにいくつの埋葬トンネルをくぐり抜けてきたね
と　恫喝してでも問いただささねばと

思い詰める

「埋葬トンネル」などと、不気味な恐ろしさがむんむんしている。やっぱり、打ち出の小槌の使い放題、つうが織る錦の布をまたまた欲しがる与へうなのか。くわばらくわばら。「人生はしっかりやらねばならないぞと／身震いしながら直立不動の姿勢をとる」そのときはせめて軌道修正するべし。こう苦言を呈してくれる人こそ生涯の宝物だよ。

非常という文字、非常という体験
鮟鱇、青魚、鰯、太刀魚、蝦に貝類らにも
もはや死に水をとられた経験があり
束ねられた静寂を嬲《なぶ》りたくなる
そんな筆者の嘆きなど何食わぬ顔
まさに、今
知らんぷりする親子が通り過ぎる

沢山の魚が登場するので魚屋が気にかかりだした。つい氷の上に横たわっている魚たちをのぞき込むと「死に水をとられた」「「束ねられた静寂」とつぶやいてジロリ白目が睨み返す。「老いた顔立ちの幼など」の強烈な印象が詩篇を支配する。そんな風体が「――ちょこちょこ発条《ばね》仕掛けのように――」手足を動かす。けったいさに驚いて周囲は目を見張るだろう。そんなのへいちゃらの知らんぷり。詩行に、ぱ行が効いている。「知らんぷり」「ぴんとはね」「破片《ポスター》」などが乾燥した空気を撒き散らす。などなど、ありきたりの名詞や動詞が独特の個性を発揮して、あたりの空気を跳ね上げ、普通と普通ではない風景をやじろべえの視線にする。脚本が読み手をしり目に「知らんぷり」して「通り過ぎる」。と、その空洞に見えている代行サギ、押し付けサギ。魚屋だけが束ねられたのではないらしい。ＡＩ画面を束ねている怪しげな電波が次々と網にかかる。

　しかし待てよ、蛇の道は蛇と云うではないか。悪党は悪党の地獄を見るだろうし、それなりの按配で世渡りをしていくだろう。「束ねられた静寂」は所詮居心地よろしくないはず。知らんぷりしていても幻術の使い手は他にもいる。使い方次第だ。齢を重ねるとひょこっと現場がみえたりするんだなあ。これってやっぱり、幼などのつかう幻術に掛かってしまったんだよ。

「幻術を使う子ども」（詩集『唐辛子になった赤ん坊』より　初出「イリプスⅡ」６号）

「懐かしい語彙」——呼び覚まされる断片

ときおりだが、詩の題名を見た瞬間、羽織の背中がふわり膨らむような季節風を感じるときがある。それは障子を開けると初夏の元気な風が廊下を奔るようなスピードをもっていたり、日々連動やまない情報社会の波紋の谷間に、置き去りにされそうな昼さがり、コーヒーのかおりを運んできたりする。刺激的なその風は、雑把に扱ったり省略などし、それすら気づかず歩くわたし自身の手仕事のほころびを、せかすでもなく繕う助けにもなっている。

さて、風景や生物、図形を駆使するなか、倉橋健一の掌中の語彙たちは求めの必要に嬉々として集まり、そのうえ個性的な並びかたをする。こんなところに、と驚き、ときにはふりがなのうまいつけかたや造語の機知に足を止められる。当然のようにそこにいる顔つきにあっけにとられ、ややあって鮮度の良さに見とれているといつのまにか、日本の古典芸能の稽古場の隅にもじもじ座っているような気分になっている。もっとも家元にはご無礼を承知であれこれ不作法な読みながらも、おぼろげにヒントのようなものを見つけてよろこぶくらいではあるけれど。

詩の題から察するところ、昔ファンだった演目のとある場面をおもいだし、少々感傷的になったのだろうか。慈しみ育んだことばの大地（詩人は思考の糧になるささやかなものをたいせつにしている）、あるいは寄る辺とする窓の下の文学の海流（ゆきあう縁をよろこび合うところ）で、ことばたちが季節の恵みをつれて詩人のまえに姿を現す。そんな好い按配のひとときをたぐりよせたのだろうか。

文学とひと、もそうであるように、季節とひとにもたがいに出会いかたがある。巡り合ったいまこの季節の内に、ひとは幾年月をたたみ込み草花は盛衰の宿命に緊張の循環を繰り返しただろうか。そんな個々人が辿る道行きで交差するのは、たがいにほんの刹那といえる。「懐かしい語彙」はそんなふうにはじまる。

あの花びらは悪寒に震えている
と、いぶかったときから背中に冷たいものが伝わりはじめた
その冷たさにはどこかに見憶えがあって
そういえば、山里離れた庫裡にとある国事犯の墓詣でをしたとき
周りに戯れた赤い小蛇に接したときの幼い怖《おのの》きに似ていた

みなれた「あの花」がいつもの場所で咲いている。しかし様子が違っているのが気になっている。その気配につかまったのは、意識の裏にある折り目の皺。憶えのある感覚が起きあがり年月を後戻りさせる装置に触れてしまった。現れた映像は鮮明だ。国事犯、と聞いて悪寒が這う孤独を記憶はまだ消してはいない。それどころか昨日か今しがたのように復活した臨場感は体のなかをうごめく。

国事犯――懐かしい語彙、今ではもう聞き慣れまいが
夜更けて活版刷りの古い本を繰《く》っていると
わたしのなかでは得体の知れぬ戦慄と含羞がセットになって甦る
ああ国事犯――憧れた語彙、浮かぶのはこの国の人とは限るまい
剛胆な復讐の天使と謳われたいとしいソフィア・ペロフスカヤなど

国事犯とはまがまがしく不穏な空気を帯びていることよ。と、おもいきや憧れたとある。その時代ならばいったいどんな存在だったのだろうか。戦後生まれのわたしは昭和の増殖パワーを自分なりに享受してきたと錯覚しているだけの陽炎にみえてくる。天使だという

ソフイヤ・ペロフスカヤの名さえ知らずに。

ここはやはり国事犯から、と『日本の歴史22』（中公文庫）を引っぱりだすと1911年（明治44年）に旧一高の大教場で、「謀反論」という講演をした蘆花徳富健次郎が現れる。有名な「大逆事件」に因んで『謀反論』（徳富健次郎著　岩波文庫）も並べ、緊張の眼を近づける。当時の政府はあれもこれもそれらしく理由をつけて大逆罪でお縄にしたあげく素早い速さで非公開裁判をし、決着をつけてしまう、と記されている。市民の暮らしに糸を張ったような緊迫した空気感が伝わってくる。社会の変革を声高に論ずる者、主義を主張する者、とはいえ本気で皇室に危害を加えるのを目的には考えていない彼らの活動を見知っていた蘆花は、死刑を取りやめ減刑にしてもらうようにその筋に働きかけるが、時遅く間にあわなかった。そこへたまたま一高生から講演を頼まれたのを機に「謀反論」と題して講演。「新しいものは常に謀反である」と話を結んだ。頁を繰っていると、このとき講演を依頼した一高生のひとりは、のちの社会党代議士の河上丈太郎、とある。何ともはや胸底のざわつきがとまらない。はるか沖からやってくる台風の余波で収獲間際の果実が落とされるように、混乱のとばっちりをうけた不運などが、川になって流れる潮の渦の模様にみえてくる。

いっぽう天使と謳われたソフイヤ・ペロフスカヤ（1853年〜1881年）とは、専制治下の帝制ロシアの末期の一九世紀なかば、「ヴ・ナロード」(人民のなかへ)運動の先駆者のひとりとして、アレクサンドル二世暗殺未遂事件のテロリストとして登場する女性。日本とロシア、それぞれ国はちがっても、彼らは現実社会に深く根をおろしている不平等をきびしく否定する自分の立ち位置から、眼光鋭く行動した。と、にわか勉強の付け刃ではあるが「浮かぶのはこの国の人とは限るまい」という暗示が少し解けた気がしてきた。時代うつりを点で叫ぶのではなく、森羅万象の抗いが関連し交響曲になる、と詩人はとらえている。かたよりのない均整を得ようとする感覚があるのだろう。つぎへと歩をすすめよう。

このところ夢見がわるい、床のなかで不眠に悩まされている
睡りを誘うために難解な暗号表《パズル》ととっ組んだり
詩想を練ったり、むっくり起きて座禅を真似たり、ぜんぶ夢のなか
夢と気づいて起きあがると
赤い小蛇が塊ってぴょんとついてくることもある

赤いランドセルを背負った混血の幼ごが

あるときは夢に混入して、あなたは誰と聞いても黙ったままだが
なぜか通学路をはずれた横道の地面で穴を見つけてしゃがみ込んでいる
くちなしの純白の六弁花がそばに、この花びらも悪寒に震えている

もしかしたらこの子はとおい国事犯の血を引いて
囚われたり討たれたりした祖をもつ子かも知れない
そういえば床のなかで不眠ついでに古い新聞を広げていた
透かし透かし活字を拾い読みしていると
なるほど国事犯という語彙も見え隠れしている

昨今テレビ、新聞紙面に踊るポピュリズムや、暴力で異なる意見を排除し政治目的をかなえようとする最近のテロ行為などがこの詩の呼び水になっているのだろうか。革命や謀反は年代によって愛称めいた名がつけられるが、過去の歴史を繙けば年月という間隔をもたせて、あたかも上着のボタンの穴のようにぽっこり、ぽっこりおこっている。それらのパターンは機が熟したように発生し、発露となるしっぽを摑むとうねりを生む。そこに花の名が置かれ美化される。クチナシはけなげに誇りたかく象徴の品格をそなえている。艶

のある濃いみどりの葉につつまれた純白のかおりが革命に咲き、散った二十七歳の若い女性を際立たせる。最終連。

あの花びらは悪寒に震えている
と、いぶかったときから背中に冷たいものが伝わりはじめた
そのまんま不眠のまんまわたしは眠りに就き
懐かしい語彙とあの小蛇の塊りに出喰わす
そのあいだにも生々しい事件は連続して山里離れた庫裡に詣でる

悪寒に震える白い花びらにわたしは冷水をあびせられた。なりふりかまわない一途さほど強いものはない。「生々しい事件は連続して」とあるように現代も場所をかえて名をかえておこっている。
詩に呼び込まれた過去は、花、蛇、ランドセル、新聞、活版刷りの古い本、などの小道具を動かし現実味を帯びてわたしの視線をぐんと近くする。不眠をかこつといいながら夢とうつつの狭間を巧みに出入りするところは歴史年表に刷り込まれた風刺絵をみているようだ。などいううちに理屈はいらないとばかり「ぜんぶ夢のなか」と、ぽいと手を離され

たりする。

　ところでこれは余談になるが、たまたま地元神戸で開催されたヨーロッパの『怖い絵展』会場で『レディ・ジェーン・グレイの処刑』（ポール・ドラローシュ絵）を観た（二〇一七年九月　兵庫県立美術館）。一六世紀イギリスの宗教改革期、政争に巻き込まれ反逆罪の刑を受ける一六歳の女王を描いている。改宗を強いられたが拒んで処刑される場面だとある。「剛胆な復讐の天使と謳われたいとしいソフイヤ・ベロフスカヤ」と、わずか九日間の女王だったレデイ・ジェーン・グレイ、ともに自分を信じ意志を貫いた高潔さは、運命の手に操られていくはかなさゆえに神の救いを願いたくなる。

　このたび『日本の歴史22』、『謀反論』や辞書を繰るうちに、出合った単語がある。戯れる、の箇所にそばえる、とあった。そばえるとはわたしの郷里土佐の方言だとばかり思っていたが、もっと広くつかわれているのを知った。わたしには故郷を想起させる懐かしい語彙だ。幕末のころ土佐の大地が育んだ幾多の人も、黒潮よこたわる地ゆえに世界を巡るエネルギーを嗅ぎとったのだろうか。それから幾年月、インターネットのフェークニュースに釣られそばえちょらんと、大海原を見渡すのもげにええぜよ。と土佐弁が口に出る。とたんに読み流していた新聞の紙面からポピュリズムという文字が赤い小蛇になってチョリチョリしはじめた。

「懐かしい語彙」（詩集『失せる故郷』より　初出「イリプスⅡ」22号）

「サイ転がし」――孤独に寄り添うものがたり

隔月毎にあつまる馴染みの勉強会の席で、同人誌『草束35号』(岸和田市図書館友の会「詩の教室」発行)をいただいた。そこに掲載されている「サイ転がし」は、題からも意味深の気配を発散させている。ふと、同じ筆者による『つぶてのようなわれなり　少年たちの親鸞』(2007年　澪標)が頭をよぎる。誘われるようにぱらぱらとページを繰ってはまた、「サイ転がし」にもどりする。たどたどしい読み方だがここは慌てず草原をサイと歩くつもりで『つぶてのような我なり　少年たちの親鸞』にも触れてみたい。サブタイトルにあるとおり少年向けに書かれた親鸞聖人の小説で、目次の第一章「地獄絵」は特にわたしの好きな場面。そこに少年のこんなことばがある。

「ね、チックタックって、すごくいい感じだろ。大昔の人はからだのなかにこの音を飼っていたんだ。それがにんげんと別れてから、ただの時計の音になったんだ」

「そしてただの時計の音になるとね、この音のやつ、今度は針のことばかり気にして、チックタックの大事なことなんか、ぜんぶ忘れてしまったんだよ」

少年はまた『地獄草紙』を見ながら「永久」を語っており「時間の真空」と捉えるところなども時間という名詞に込められた空間や長さを超越させる深さが匂う。物語のおりおりには親鸞の著書や、92歳で生涯を閉じるまでの間に遭遇したであろう大小の災害や政変、そこに『親鸞和讃集』の幾篇かも照らしあわされる。小説は少年の疑問に経験豊富な老人が答えるかたちですすむので、知識のないわたしも肩凝りせず自分の立ち位置で読め、ことばもわかりやすいところがいい。争いごとを避ける生き方を貫いた生涯については並々ではない辛抱と勇気を秘めたひとの大きさを感じる。そして自らを石や瓦、礫に例え愚禿と名乗ったともここには書かれている。常に真実をもとめ自問しながら前を向いて歩みつづけるところは勇気づけられる。信仰というほども持たずにいるわたしの、手探りする指の先っぽに、いつもしごく新鮮に触れる書物といえる。

こんな読み方をしているところに詩集『失せる故郷』を上梓されたとのニュースが入った。倉橋健一にとっては三年ぶり11冊目だ。さっそく開くとプロローグとして「素朴な直喩」、それには「――サイの角のようにただ独り歩め（スッタニパータ）」、と詞章がある。ああやはりそうだったとストンと腑に落ちるものがあった。スッタニパータとは、今では文庫版でも邦訳があって、誰でも読むことができるが、原始仏典のなかで最古のものとされる、パーリー語で書かれた教典。なるほど短いこの詞章の一文には、これからたどっていく物語の深いまなざしを感じさせるものがある。

風が、草原の傍にある川の流れを知らせているようだ。次の最終連にはインドサイの後を追うよう暗示がある。

いつのまにかわたしのなかではあのいっぽんの角だけが引き受ける
乱反射の意味がわかる気がしていた　サイはたちつくしているだけだった
まさに素朴な直喩が使われ切ろうとしていた

「素朴な直喩」最終連

一頭のインドサイが夕日をみつめている。その眼差しに入りきれない自分は逆光のせいではなく、見据える焦点のずれでもなく、存在そのものではなかろうかと自問しつつ視線を先へと促している。一本きりの角である。それが「使われ切ろうとし」た、まぎわになって正体をあらわしたのだろうか。

サイの角の場合は皮膚が角質化したもの、だそうなと、しきりに辞書をたぐる。皮膚の変形だと無垢そのもの。それがなんと堂々と鼻先にそびえている。立派さゆえときに鹿の角と並べられるとも。引き合いにされても本人は迷惑千万、欲も見栄もない。ただそれだけのものと心得ての身のこなしで「引き受け」生きてきた。じれったいほどの愚直の生。かといって安易に疲弊の入り込む隙もないほど一本をかざして堂々としている。最終行「まさに素朴な直喩」が抱え込んだ矢印を承けたかのように「サイ転がし」が待ち構える。詩人の視線が、こんどはゆっくり巨体をすり抜ける。

見渡すかぎりの湿原に棲息して
草を食み泥を浴びてからだを清め
のび放題の象草をかきわけて
ひたすらうす気味わるくうろつくだけなのだから
そこに戦慄など寸毫たりとも入り込む余地がない

外見はいかついが「うろつくだけ」の動きなので、草原で突然出くわした相手を恐怖に身構えさせることもない。というまわりの認識は、数千万年を経ていくたびもの過酷な気候の変動をくぐるうちに得たもの。ヒト科はたかだか数十万年である。自然界で生き延びる知恵や工夫はサイのほうが心得ているだろう。現在の人間社会だと「うろつくだけ」でも情報流布されるや否や警戒される。インターネット社会で〝人の噂も七五日〟が、長いのか一瞬なのか、など思ってしまう。

巨体を覆う皺だらけのぶ厚い皮膚が
たとえ鎧に見えたとしても
闘争欲が内包されているわけではない
おまけに剝き出しの哀しいまでの一本角
ひと突きされたらと恐怖に駆られるのも無理はない

あらゆる他者に暴力をくわえるのでもなく
あらゆる生きもののいずれをも悩ませるのでもなく
いわんや、ああこの角こそはほんとうの孤独なのかもしれない
肝心の持ち主にとってすら
実用的価値すら気づかれていないのだから

サイの胸中を鷲づかみにしたようなこのふたつの連には当人が聞けば涙するだろう。がっちりと鉄の兜を被り全身を甲冑で武装したヨーロッパの騎士のいでたちにもみえるし、

キャラクター怪獣の着ぐるみにもみえる。着ぐるみだと狂暴に変貌することもなくむしろ癒しの役を担っている。

詩を読むうち、休日になると国道2号線に出没するオートバイの暴走族を連想した。寝静まる真夜中に突如爆音を轟かせて走行する一団である。あの爆音はあたりの空気を裂き、心臓を一瞬動悸おののかして身構えさせる。いきなり不意打ちをくらうとはこんなだろう。野生動物が身を置く環境はいかばかりか。みまわせばいつのまにか超高層ビル、超高速乗り物、ネットメディアの速度アップなど、身辺はわたしの呼吸や歩行の速度をはなはだしく超えている。かつて人が歩く速さで情報が伝わり誰もがその同じリズムに乗って一緒に揺られていた時代から、あっという間の変遷ぶり（電話の発明は一八七六年。すでにオンライン－システムの社会になった）。とはいいながらもその一部は有り難く恩恵を受けている。そのうえで敢えて。なにもかも超がつくほどのスピードをつけなくてもいいよ。暴走する車はがむしゃらが空洞になり、置き去りにされそうな崇高な深慮の影がバックミラーに映っている。憂い、享楽、寂しさまでほどけていく美、もある。スッタニパータのいうただひとり歩むのも、貴重なたのしみのひとつ。

されば、非公然化した言葉のあこがれにも似た

素朴な直喩にも似た
不思議な孤独の達成点をもった一角獣よ
半盲に近い目で今日も見晴るかすのは
真赤に灼けて消えゆくばかりの森の彼方だ

こうしてわたしも生き延びる最後の機会に
生き残るこのうちの一頭に属して
たっぷりと草を食むことを願う
よるべない歓喜　よすがのない歓喜が
哀しいまでに角を伝ってしたたり落ちる

詩は哀愁に満ちた終章へと自らを導くような風景になる。誇り高い象徴として角がある。十二分に見つめ承服している、と言っている。わたしにもこのようなものがあるだろうか。崇高な野生にまじって、誇り高く掲げられるものは何だろうか。

『つぶてのようなわれなり　少年たちの親鸞』では物語が綴じかけようとする間を惜しむようにこんな一文がある。

「――もっともたいせつだったことは、ひとりひとりの人間が、浄土信仰への自覚の道をとおして、自分の生命の尊さを知り、自分自身が救われるということだった。念仏とは生命をいとおしむこと――」

自らが辿ってきたながい時間を愛おしむように見つめ、サイになぞらえうたっている。小説や、詩集『失せる故郷』に接するうちに、サイの角は「孤独の達成感」や「あのいっぽんの角だけが引き受ける／乱反射の意味」を心得、愛する孤独を連れている、とあらためて実感した。

おもえば倉橋健一の多色刷り紙風船はいつも誰かの手が添えられ膨らんでいる。手を添えられ添いつつ縁を生みして、あしたの物語も生まれている。

「サイ転がし」（詩集『失せる故郷』より　初出「草束」35号）

「見晴るかせば」――一斉が生み出す詩のリズム

ＮＨＫ「みんなのうた」で流行した『赤鬼と青鬼のタンゴ』（１９７９年　加藤直詩　福田和禾子曲）は今でも印象深く覚えている。痩せてのっぽの青鬼とでっぷり背のひくい赤鬼が、月夜にアルゼンチンタンゴを踊る。体型がちぐはぐな鬼がみせる軽妙な踊りも愉快だが、おなじく印象深く目にやきついているのが、主役のうしろで合唱隊の役割をするウサギたち。一斉に草むらから飛び出てピョンと跳ねる。判で押したように並列態勢をとり、背景のちょい役で終始する。主役と脇役のつりあい方といい、うたと動画が合致した愛嬌ある味といい、懐かしく甦る。

「見晴るかせば」を読んで、まっさきに思い浮かんだ光景だったが、ここに登場するウサギたちもタンゴに合わせてラインダンスを踊るだろうか。あるいは絵本『スイミー』（レオ・レオニ作　谷川俊太郎訳　好学社）のように群れそのものが命なのだろうか。「見晴るかせば」に出会って以来、窓の外に広がる海を眺めては思いを巡らせる。

大阪湾がひろがっている。とおく関西空港のうしろにうっすらと和泉山脈の影がありその端を紀淡海峡が受ける。こちらから眺める風景ではちょうどそこが空と交わる水平線で、その線に友ヶ島が乗っかっている。太平洋はそのむこうになる。視線を戻せば、眼前の淡路島はおおきく堂々と播磨灘とを仕切っている。湾は茅渟《ちぬ》の海と呼ばれる豊かな漁場でもある。

大きくうねる白波を馬のたてがみに例えたのは誰だったろう。その波を捉えてサーフィンを楽しむ人たちは、少しばかりの風雨もいとわず真冬でも波と遊ぶ。帆の色がお揃いのヤマブキイロで、うねりの高い日には波のあいだに見え隠れする。潮は、時には縞模様の流れになり明石海峡からひたすら湾の奥をめがけていたりする。また、冬晴れの冷気が空の透明を素早く蒼くして濾過したように澄んでくると、ガラス戸越しにひなたぼっこにうとうとする。風のないのがせめてもで、ふたつの海峡に目をやれば機嫌よく大小の船が往来している。サーフボードが驚くほどの数で防波堤の外側に勢ぞろいしている。

そして今日も海原を見る。友ヶ島の辺りが暗い。荒ぶる雨が、黒々とした重い雲から太い水の線を海中に埋め込んでいる。満遍にといわんばかりの量。水面は不気味な懐に抱え込まれ、飛沫の跳ねを削られ、奥底揺さぶられたわみ、うねる。

風がでてきた。まだ水気を帯びた黒雲が風に連れられ、しぶしぶ動き始めた。雲間からのぞき窓、そんなうすい群青色した空がほっかりと姿をあらわす。風はするどく西から東に冷たい。

大荒れの晴れた彼方の波頭《なみがしら》を
無数のしろうさぎがはねている
そのまま海鳥に姿をかえてしまうのかも
大胆に飛沫を浴びたときには攫われながらも
まちがいなくうしろ肢ではねている一瞬宙に停まったりしている

白いウサギたちは風と波が広がろうとして息を合わせつぎつぎ海面に現れる。拍子をとりながら三角の形をつくる。白い三角波はそうして同じ方角から強い風に連れられてやってくる。
重く厚い雲をやり過ごした風の子が遊び足りなくて、とおりすぎた雨の余韻をまだもてあましている水とはしゃぐ。煽られて波が飛び跳ねる。もっと遊んでいようよ、まだまだ、もっともっと、風が海面を蹴る。ウサギが生まれる。

うさぎにとってそこもまた野山にすぎないだろう

でも一歩まちがえれば奈落への誘《いざな》い
だからこそシンプルに
ひたすら群れてもいなければならない
感嘆詞など競うまもなくて風景に化してしまおうとも

しばらくはリズムに合わせて全員がおなじ顔、からだの向き。左右耳の動きも両手両足の角度ももちろん。跳ねるたびにきょろきょろしてめだとうとしたり、口の開け方を工夫して「はあっ」とか「やっ」「それっ」など不要。ひたすらきれいに揃わせる。寸分たがわず揃ってこそ意味を生む肝心な場面なのだから。ここが永遠とばかり徹底するべし。

スイミーは小魚たちに言う。これまでは食べられるのが怖くて、ばらばらに泳いでいたけれど、みんなが固まれば大きくなれる。決して群れから離れてはならない。自分の位置を順守する。群れの強みはただそれだけ。それはでっかくみせる体制を成立するためのたいせつな約束だよ。

ヤマブキイロしたサーフボードの帆も言う。なぜなら跳ねた肢の高さで風力が測定され、数の量で範囲と風向きが手に入る。勢力が解る。

とはいえ風任せで野山に放たれていることに変わりはない。

それにしても波頭のうさぎたち
飛沫を浴び飛沫に溶けたくましく自己増殖
すでに太古からそうであったように
あゝ美しい単純身ぐるみ暴かれることもなく単純
海原もろとも何の変化にも数えられない

ここには八上比売《やがみひめ》の美しさを知るウサギ（古事記神話因幡《いなば》の素兎《しろうさぎ》）はいないらしい。たとえ知っていたとしても、自分だけが気に入られようとしてはいけない。一緒に跳ねてリズムをとるばかり。風向きが変われば出番がなくなる。そうなれば無心になりひたすら励んだ仲間の努力も泡と消えてしまう。皮を剝がれて泣くよりも怖い。チームワークのパワーが生む孤独が三角波の正体だから。

それにしても波頭のうさぎたち
飛沫を浴びながらもなにやらシグナルをおくってくるぞ
そのうちみているこちらがわにもかなたが迫ってきた

余計者はぐれ者へ焦《じ》れる感覚瞼が恥ずかしい
小悪魔のようなつむじ風も足元にあつまっている

アルゼンチンタンゴを踊る鬼のうしろで一斉に跳ねるウサギたちもそうだった。決して自己アピールはしていないにもかかわらず、こちらに伝播するものがある。数の迫力だろうか。群れの美学だろうか。そこにある隠された個の熱情が以心伝心して、見るものを網に掛けるのかもしれない。

三連と四連の出はじめの一行目「それにしても波頭のうさぎたち」、と繰り返し、リズムを持続させながら場面を展開する。おなじことばをふとい幹のように置き、そこから話が枝分かれする。元をひとつにしながらぐいと方向を変え、それでいて異端性がない。むしろウサギと他者との繋がりがあらたな交響詩になりながら進む面白さがある。ウサギも置いてきぼりにされてはいなくて、枝分かれした先にも自分たちの出番になる音符があることを知らせている。見とれていた視野をはっと我に返す五線譜の隙にある変調。大きく息を吸ってみれば変化が生じていると気がつく。波にうねりがではじめた。

群れを知るために個を見守る。鋭い詩人の視線が、遠景から近くの足もとまで油断なく捉える。洒落っけまぶして緊張させないことばのまざり「おくってくるぞ」「小悪魔」「つむじ風」そして「恥ずかしい」の思いがけないぽろっと漏らす油断。豊富な語彙たちのあかるい実りが全体をポップな雰囲気にしていく。ああ、そしてやはり、リズムにのせられ弾むからだをなんとしよう。絵本『スイミー』の賢い小さな魚のように、しっかりとした目にならなければ。

「見晴るかせば」(詩集『失せる故郷』より　初出「イリプスⅡ」17号)

「静かな家」――ミステリーは上品に

ひとつの詩は何かを語る。そのキャンパスをみつめていると、いつの間にかそこには無い別の何かが浮かび上がる。「静かな家」のどこにも窓ということばはないのに、わたしは♪窓をあけ～れば～と歌いながら、無声映画の一コマに入り込んだように佇んでいる。

詩集『寒い朝』が編まれた1983年には、東京ディズニーランドの開園、映画『楢山節考』（今村昌平監督作品）がカンヌ国際映画祭でグランプリ受賞、前年には中上健次『千年の愉楽』（河出書房新社）も話題になる。昭和も後半になり生産意欲は旺盛で、さらにあらたな見方へと社会の価値観、趣が変わりつつある、今から思えばそんな頃になる。日常の暮らしを便利に、豊かに、と邁進する産業は盛んで順調だった。その後、われにかえったように足並みが失速してからは安易な道のりではなかった。いつの時代にも、文学、絵画、音楽などの文化や芸術は、生き物のように動く経済社会を背景に今と未来を反映する。とりわけ詩を紡ぐいくたりもが、もろに時代の風をペンの先に込めて、各々すすむ方向を見つめ、探っていたに違いない。詩集『寒い朝』にはあの頃の匂いがぷんぷんとしており、頁のそこかしこに色を、形を、くゆらせている。
「静かな家」はとある部屋の中の描写からはじまるが、なんだかこの部屋不気味。

火をつけたままの煙草がなくなる
鍵の本に閉じておいたさふらんの押葉がなくなる
手紙の封を切るとき指を切った
木目の細かい記憶もとだえる
可憐な血腥い日曜日だよ
膝を這う蝸牛が眺めただけで溶けてしまった
なぜだろうと壁を見ると
きのうまではなかった染が家猫の原寸
ピンでとめた手紙の文字が汚れている
枯草の影を踏む音だけが響いている

ほら、推理小説めいている。けれどもここにある小物たちはどれも粋でお洒落。「火をつけたままの煙草がなくなる」なんて、手品師の巧みな技そっくり。ここを全く別の書き方にするとどうだろうか。例えば、「火をつけたままの煙草」を吸いさしの一本、とすると、それでは次の「閉じておいたさふらんの押葉」には似合わない。さらに「手紙の封を切るとき」にも被さり方がかわる。開封する刃物で、なんていうのもそのままますぎてつまらない。まことにことばたちの座りかたがきれい。単語の動作がサラッと素早いのでなんの違和感もなくいつの間にか異次元の世界に誘われている。倉橋仕様は、吟味され、選択され、丹念にピントを合わせたミステリーとなるように選ばれしかも今必要なものを連れてくる。例えば一行目にぽんと投げ出すように仕掛けられる謎。

「火をつけたままのタバコがなくなる」

そのタバコは火が付いたままだった。灰皿に置いて指をはなしたすきになくなったのだ。「つけたまま」なのですぐ手を伸ばした。その手が「あれ?」という格好して空中で止まる。「なくなる」のはこれだけではない。

「鍵の本に閉じておいたさふらんの押し葉がなくなる」

本には鍵がしてある。挟んでおいたサフランは鍵で閉じ込めていたはず。しかも消える物が意味ありげに装飾をされ、一緒に消える。こんな方法でこの後も続く。短い単語や動きだけをぐいぐいと地面に突っ込むようではなくて、次の行に誘い込み、あれ? と目が空を泳ぐ間をもたせ、そろっと着地させていく。そうやって連続されたものから時間の経過や場面、風景が浮かび上がり、無声映画を観ているようになる。しかも「なくなる」「指を切った」「とだえる」「汚れている」「響いている」にある現象は鮮やかに自発性が秘められ、次の謎を生む。映画監督の視線は断固として「なくなる」一点で流れをカットし、すっきり輪郭線でアップにする。「手紙」も重要な役がある。日曜日というのにわざわざ届けられ、いそいで裏返すと、そこには思いがけない名前があった。その差出人の名は平常心を失くすほどの人物だった。しかも不安要素を満載した中身だと想像がつく。体の芯棒を抜かれたようなここち。

そんな張りつめた空間の「可憐な血腥い日曜日だよ」の一行が詩の在り場所をおしえてくれる。前の連の雰囲気だと暗がりの隙間に気持ちをどんどん追い込むが、ここで正気に戻す。「日曜日」は緊張感漂う他の曜日からすればほっこりとしたのどかさがある。しかし、今は向き合わなければならない。無かったことにはしてもらえない。なにしろ「血腥い」のだから。画像をじっくりと吟味し策を講じなければ。

こちらが此岸　とふいに外からマイクの声
覗くと蒼い牛の背に地図を売る少年がのっている
足場に陽がおちて窪地に風が留まっている

そういえばぼくの家は峠
赤錆びた指のかたちの一軒家
妻は里へ水汲みに出かけていて帰っていない
固い汗が胸をつたう手紙をかくのに疲れたから
ねね出ておいで　と抑揚のない少年の声
地図を買ってよ　比喩の方角へとおい線路
たっぷり唖になった木霊《こだま》を招いた大森林
棘のような細い途も書いてあるよ
蜻蛉《とんぼ》の息よりも淡い穴の行方も書いてあるよ

「外からマイクの声」は部屋の中にいて聞こえている。「覗く」だけで窓の戸を開けてはいないのに、さっきからわたしは、窓を開ける、開けよう、としている。けれども勝手な思い込みが意味合いを違えると思った。例えば。白雪姫はりんご売りのおばあさんから声をかけられ、窓を開けてりんごを受けとる。この行為はドラマを大きく変えてしまうが、この詩では窓は開かないままが肝心になる。少年は外からいろんなことばをかける。「／ね出ておいで／地図を買ってよ／比喩の方向へとおい線路／たっぷり唖になった木霊を招いた大森林／棘のような細い途も／蜻蛉の息よりも淡い穴の行方も／」

あんたが知りたいことや欲しいものはこれだよ、窓を開けて出ておいでと呼びかける。この二連目では、外の風景がつぶさに見渡せるし地図を売る少年の声も聞きとれる。そして「こちらが此岸」だと呼び続ける。なんとことば巧みな誘いかた。問題解決の策にと「線路」「棘のような細い途」「蜻蛉の息よりも淡い穴」の誘惑。

また、こちら側の状況を「固い汗」「たっぷり啞になった木霊」が心情を読み取るように置かれてあり、ことばによるイメージへの誘導がわかりやすく、詩のうつくしさや深さを感じさせる。

窓の外が日常でこちらは悪夢？　さては逆かしら。降りかかった難儀が落ち着くまで、まだ道のりがありそうだ。最終連になる。

火をつけたままの煙草がなくなる
鍵の本に閉じておいたさふらんの押葉がなくなる
その次の夜はナイフを見ていた
夜明けには放熱して湯タンポをして手紙を読んだ
化粧する蝸牛が膝を這っていたひそかに同志と呼んでいた

なあんて予定の祝日をつくろうよ
可憐な血腥い日曜日
指はくびれ死んでいる
壁の染みは家猫の原寸　手紙の文字が汚れている
枯草の影を踏む音だけが響いている

詩は二連を中心にして一連と三連が揚羽蝶の左右の羽の形のように相似形になっているが少しずつ縞目の色に違いがある。「なくなる」「汚れている」のことばの末尾が、一連にはない「なあんて予定の祝日をつくろうよ」にむかって働きかけ、「膝を這っていた蝸牛」は「同志」だったが「くびれて死んでいる」のだと。だから「なあんて」と哀しくわらって口をもごもごするしかない。

詩には「影を踏む音」が、実は終始しずかに全篇の背景に流れている。また、三連目の終りになり「ナイフを見ていた」「手紙を読んだ」「呼んでいた」と、くっきりと過去形になり、強い意志をもって「祝日」をつくろうとしている。「同志」として姿をみせ、手紙の内容の重さがわかりやすい。終連でもう一度繰り返し、その死を悼んでいる場面として見えてくる。が、しかしこの詩の内容は私事なのかそうではないのか。比喩が幾重にも衣を纏って偶像を形作り、ドラマ性を生み、色や動きをつけた立体になっていく。独特な倉橋式仕掛け方だ。
窓は開けるものとは限らない。高層ビルの窓、高速バスや列車の窓、地下道にも飾り窓がある。密閉された国際宇宙ステーションの窓からは悠久の空間を旅する星々がみえるのだろうか。此岸と彼岸も詩の翼があればたやすくすり抜けられる。詩を読んだり書いたりするのは、うつくしいことばたちをサフランの花のように押し葉にする分厚い本や鍵になりなさい、といっているのかもしれない。あるいはヒッチコックの『裏窓』よろしく、絵画から浮かび上がらせる鋭い視線の角度をもつのだよ、と。置かれたことばは幾重にも響き合うように仕組まれている。

「静かな家」（詩集『寒い朝』より　初出「新文学」17／1）

「ふあんふあん――なるべくシニカルな時事詩の試み」――一瞬に摩りかわる擬態の恐怖？

最近の気候は随分と荒々しくて梅雨も様変わりした。空梅雨とか梅雨じめりといった耳慣れた季語を忘れさすかのようなゲリラ豪雨になって各地に被害をもたらす。雨量も風力も未経験の数字を記録する。梅雨だけではなくて２０１８年の冬には、めったに雪が降らない地域が驚きの降雪体験となり報道された。雪は短時間のうちに集落を孤立させ、高速道路が車ごと雪に埋まる。それほど寒いのだからことしは日本中がこんなふうで、きっと花暦をなぞる便りもまだまだだろうと思いきや、意外なことに例年よりもうんと早くに春はスタートしている。思い描く風景との出会いはよほどの幸運が揃わないと〈最高〉にお目にかかれない。そんなこんなを想起させる「ふあんふあん――なるべくシニカルな時事の試み」だ。シニカル（冷笑する）の目線がとても興味深い。それに、タイトルのふあんふあんなんてひらがなの表記は、まるで風船が空間を揺らいでいるかのポップな印象で、つい無防備に読みはじめるととんでもない。のっけでいきなり高みに放り上げられた。とたん、ア――ッと落ちる。と、こんなふうな夢を見て冷や汗かいて目覚める、あの感じのはじまりかた。

墜ちる　まっしぐらに墜ちる
大気圏から墜ちる
足を踏みはずしてはしごから落ちる
はしごのなかほどに掩網《かぶせ》の一片がひっかかっていた
足をとられたのはそのせい〈異常にはならない〉
異常は大気圏から墜ちたほうに廻せ
原因究明は異常が憑いた左翼から
残骸にいたった第一報はこれで終わり　だから異常

六行目からややこしくなってきた。「大気圏から墜ちる」とは、いったいどうした？　ロケットではなくて飛行機が墜落している。まっさきに乗客乗員の安否が気になる。機体はどうなったのか、どうして墜落し、説明もなく早々に決着させようとするのか。つまびらかに明かせない理由があるのか。物の怪が憑いたようなごまかしかた、木で鼻を括ったような幕の降ろし方が腑に落ちない。うしろ三行の中にそれらを込めている。「はしごから落ちる」異変は「掩網の一片」に足を引っかけた、という思いがけない出来事に誘発された結果なのだから原因は明々白々。

航空機の墜落にも必ず原因がある筈だ。現場の状況から機体の整備や気象など推測する。過去の航空機事故の例でも、ちいさな偶然が集まり大事になっていく軌跡が露見する、などもある。こんなとき、現場の関連あるひとたちをつい思って、胸が痛くなる。また、こんなふうにも考える。あるいはひとの心に、まるで風がいたずらをしたかのような、自分でも信じられない隙が発生したのだろうか。気づかない場合や、許容範囲と誤算したりと。考えや気持ちの隙を拭き抜ける一瞬の風。

こうした場面になると咄嗟に夏目漱石の『こころ』を重ねてしまうのは、この微妙な、複雑な心模様はおぼえがあるので、なんだか御赦免の供物みたいだけれど書き添える。気にかかるのはKと先生の心情もさることながらも、未亡人となった先生の奥さん。事のいきさつを知らされるのか。Kと先生の死の重さ、心模様、が、ふあんでたまらない。えてして小説の謎も、現実のそれも、不快にさせたり怪しげなオーラを放ったりする。魅力的に後光をまぶしているうちはいいが、正体がばれてショックがもたらす悲劇もある。そんなこんなの一部始終は、客観的に亀裂が入りそうだなと外部からはみえていたりするけれども、当人はずるずるとまたは気が付かずやり過ごしてしまい、負の角度が放物線上に面積を広げていく。元の地点から離れてどんどん遠のく。その怖さを詩はするどくピンでとめて、自白までの猶予をまっているかの冷静さで二連目へと追い続ける。

テロリストの仕業ってことはありうる
ひとつのボルトが擬態《ミミクリー》テロリストだってこともありうる
実験用金魚の一匹が擬態テロリストだってこともありうる
もっともこれは机上の夢想　宇宙塵にさわったこともない
八軒長屋二階建ての屋根にはしごをかけ
学習用反射望遠鏡で観測にふけったつもりはそりゃあとおい昔のことだった
ふるぼけた雨水の黴臭い匂いを足裏にこすりつけ
松葉杖をついたあの少年はいくつだったろう
早く帰って空をよぎる破片がテレビに映《まとま》るのをみよう

こうして連を変えどんどん話を飛躍させて、世間話として膨らませていく。梯子から落っこちたなんてこと、映画やテレビドラマではままあるし、実際身近に聞き驚いたりする。それらを詩篇に混ぜながら読者の目を巷に向けさせ、ひろく世界のトピックスも呼び込んでおおらかにシニカルさせる手腕に引きこまれる。「ひとつのボルト」「金魚の一匹」がまるでアニメ動画のように仕組まれそれが「テロリストだってありうる」全く油断できない。不祥事ならば秘密裏にしようと急ぐその姿勢に、抗議の視線である。ブラックな世間話を「金魚の一匹」が引き寄せ驚き、ユーモラスにする。淡々とした口調でありながらも、体制や世間のずるにもの申す姿勢。ちなみに『化身』が発表されたのは二〇〇六年で、あとがきには次のような印象深いことばがある。

世界のあちこちは血腥いが私たちの周りも負けず劣らず血腥い。……私は内心、ヨハネ黙示録の七人の天使の吹きならすラッパの音を聞いているが、といって、自分の魔に怯える私は、そこから身をそらすこともできない。……

詩集『化身』あとがき

「――三面記事から詩を書きたいと思ってきた。」とも記している。いったいどんな記事が心を痛めたのだろう。そうして日々消化不良をおこしそうなニュースに接しながら、加害者、被害者を超えて真の人間の心に問いかけずにはおられなかったのであろう。最終連へと着地点を見定めるのも容易ではない。

異常発生にいたるまでに乗組員は神を見ただろうか
宇宙と天とはちがうなどとふざけるのはよせ
あんなに近づいたのだから
見るつもりで行ったにちがいないのだ（お加護を信じて）
異常事態など発生するはずはなかったのだ（万能を信じて）
天はいちばん近いところで異常事態発生！　だから異常
はしごが取り払われてから長い長い時間が経っていた
乾燥した屋根瓦には美しいお日さまが照っていた

「宇宙と天とはちがうなどと――」はぐらかすなと怒っている。そのうえで「――（お加護を信じ）――（万能を信じ）――」こうなったのだと擁護する。信じることで救われている。せめてそう思わなければ悲しすぎる出来事の、自分も含めて地球で暮らす生き物たちの姿。決して強くはない。そこへ風が柵《しがらみ》（山川に風のかけたる柵は流れもあへぬ紅葉なりけり　春道列樹《はるみちのつらき》　古今和歌集３０３）を仕掛けて、いたずらをする。知らずにか、知らせるためにか引っかかる。擬態文字になって「ふあんふあん」とからだをくねらせて踊るしかない。隠れたつもりの醜態を、いつもとかわらず「美しいお日さま」がみている。『化身』が編まれて十年以上が過ぎ憂いはさらに深く、いや古今和歌集が編まれた時代から表裏くるりくるりとして風に舞いながらどこへか流れ続けていく。ゲリラ豪雨と名がつけられている現象も花々の開花時期も、わたしたちがただ知らないだけで、そこにはちゃんとした経緯と理由があり当人にとれば異常でも擬態でもない。引き受けて歩み続けている、のかもしれない。

なぜひとはその角を曲がって進んでしまうのだろうか。踏み込んだ足の先は重くて険しい。破綻するやもしれない不安を隠しながら。後戻りの選択はいつだってある。

「ふあんふあん——なるべくシニカルな時事詩の試み」（詩集『化身』より　初出「投壇通信」63号）

「都会のまんなか」——絵のない絵本の怖さ

阪神間には折があればたちよる古書店が何軒かある。棚に並んでいる古書の顔つきがいい。新刊書物が背負っているような切迫感やそれとわかる光沢の体裁は脱いでいる。刊行当初は使命を襷がけに戦場をくぐっていたのだろうが、そこから開放されうっちゃられても誇りはある。店主もそこを充分心得ての手入れが、渋みを醸し出している。そんな一軒に寄ったのは大阪へ出た帰りだった。わたしが頼んでいたのは倉橋健一の第二詩集『凶絵日』である。１９６５年以降10年間の詩作品から編まれている。このなかの幾篇かは現代詩文庫１６６『倉橋健一詩集』（思潮社）に収められているが、一冊の詩集として読んでみたいと思っていた。実際に手にしてみると、詩集は黒い外箱と共にりっぱなものだった。話題にのぼりながら実際には手にしていなかったので、出会うまでの年月を振りかえると感慨深い。

外箱は厚手の黒い和紙で包み、銀箔の造形線（なぐり描きしたような）が、はみだしたい筆の先を引き戻しつつこうなることの定めが仁王立ちしている。黒と銀が生む暗さと反発は、これから開こうとする詩集のふところをすでに視覚から予感させ、そこに向き合う作者の意思も伺い知れる。

地色が闇の姿であるならばそこに護符札のようにぺたりと貼り付けられた一枚。ちいさな黄色の紙に『凶絵日』と朱書き。これが否応なく眼に飛び込んでくる。箱の背中には佐々木幹郎の跋文が銀色で書いてある。字が黒に溶けそうで読みにくい。そのうえ複雑な図形を見せられたような文に目をぱちくりするばかり。

しかし編まれた詩篇をたどり、改めて外箱を手にすると、ひとつの庭（現象や事象を切り取り独特な見方でうたいあげているその事、場面、時、を佐々木幹郎は「庭」と言い表している）を見る位置を教えられたような、不思議な視線があった。『凶絵日』を読むこれ以上の手がかりはないと思える。長くなるがその全文をまず紹介したい。


乱雑に自らを研ぎすますことだけに明けくれてきた一つの精神が、尾を振って飛ぶ雄蜂のような軽いリズムを必要としたとき。あるいは体験の庭にひきつれてきた膨大な影の法廷が、その「見えない極」の上に、流すべき血、失なうべき夢をのせて回転しだすとき。

歴史の庭に降りてゆこうとする意志と、その意志の先端で瘤状にふくらむイメージの連鎖が災いとなって、倉橋健一はあきらかに復讎される。凶夢の庭で絵日記を書かねばならぬ彼の世界。希望の再生と絶望とのあわいを、復讎劇が風車のようにまわりだす。

残酷な夢への第一歩。詩への参入の道が、やわらかな歴史感情にくるまれて、深い情けのように現代の寓話をかたちづくるとき、倉橋健一がさそいだそうとしているのは、時代からの負債を時代の方向に返そうとする、原質的な詩人の血のしぶきである。

そもそもわたしは最初からこの奇妙な題につられ、興味本位だったのがここで見破られた。かるく、暦に織り込まれた仏滅にあたる日、くらいに思っていたけれど黒い外箱からやおら取り出し読み始めるとすぐ、(詩集の表紙は薄いベージュで布張り)そんな軟ではないと気がつく。

収められた詩はどれもながい。改行されていきながら、闇にひきずり込まれる恐怖がひたひたと波のように現れる。時にはピントがぼかされ、紗がかかりしているが、その陰で光る不気味な視線から伸びる糸に括りつけられたようになる。

人工の水蠆《やご》の住む渕に立って

姿のない兵士の帰還に
娘は憂い　五月の疲労をどっとかたむけた
前垂れで汗を拭い
非人小屋には錠をかけ
祈りを閉ざし
昆虫の泣き声でたっぷり泣いて
肩から溶ける稽古をする

菖蒲《あやめ》が散り
胸がのる風吹いて
花びらのかたちになって骨が鳴るまにまに

「帰還」

これは5連76行からの、ものがたり最終の場面となる。兵士の帰りを待つ娘の話が水墨画のように描きだされる。緊張した風景に菖蒲の色が加わり、触れずにいた血肉の生々しさが鮮明になる。この娘は水辺で何度も脱皮をし、翼を得て飛翔した。涙で濡れたからだに風をうけてよろよろと。翻弄されるこころ模様をここでは水蘁の比喩を使い過去の柵《しがらみ》を脱ぎ捨てていく苦悩が例えられ、過去から逃れる娘の心情や痛みが描かれる。水辺の植物がさらにはかなさを感じさせる。紫や白にこころの悲しみが重なり花に託して緊張の息をほっとつなぐ。そういえば菖蒲の花言葉には諦め・信頼・智慧とある。ひとつの区切りと、生への希望が込められている。

『凶絵日』には全部で20篇が収められている。数頁にわたる長詩が大半である中に小唄風な2行詩が枠にあしらわれている。編まれた詩一篇ごとに物語があるけれども、幻想の世界が舞台背景に設置されているかのように、するすると異界との時空をいったりきたりする。目を凝らせば、そこかしこに現実的な横顔が隠れており、そこから物語に接近できたりするが内容はどれも複雑だ。その絡み具合を、観客を相手にした世話物の舞台や推理小説のように、ほどいたり、二幕、三幕と仕掛けのある脚本のような仕立てかたになっている。詩がドラマになっている。因みに「凶会日」と書くのが本来の字だけれど、佐々木幹郎の文にあるように絵日記の「絵」が当てられたのも頷ける。詩集は絵のない絵本とも言えようか。

そんな作品群のなかから「都会のまんなか」を選んだのは正直に言うと、詩が短いこともあるが、他の作品にみられるような、わたしにすれば直接的な過激なことばがこの詩には留守のようなので安心があったから。というのも見たくないものに露骨にどんと出くわす怖さがない。それに一行の文の中に現れる単語が、ヴェネツィア‐ネックレスのように、一語いちごがカットの角度を変えながらも関連を引き寄せ合い複雑を増しながら次の行にかかる面白さがある。

まっすぐにのびる黒髪の片を
行きつけの朝市の魚屋で
棘のある海魚の鰓にむしりとられた女が
べそをかきながらやってきた
肘をかかえてもつれた五指を開いたとき
蜻蛉《とんぼ》の翼《よく》に似たかなしみがひとひねりくせのあるおちかたで消えた
私は冷えたブラックコーヒーを飲み
都会風のあきらめの早い語法のあるのを了解しながら
ふたりして
風のつたう燐の幻野に
旅に出ようと誘うのだ

夕暮れには廃兵がひとり瘧《おこり》で死んだ
僧侶がまちがって情死の合図のときの鐘をついたという噂があった
残された幼いむすめが去っていった燐の幻野
を逆さにたどってみようというのが
私のいまのおどけた埋葬譚だ
もつれ合って豊満な露の溜りへ
玉葱《たまねぎ》の辛みのような空気に耐えてゆこう
熱い乏しさで
女は
髪の葉の追憶を
円の堅い仕草で刈りつづけていた
ななめに泌む肌《はだえ》
の肩に
陽がおち
感情のいちばん奥で
粘土の途が

徐々に黒く塞がって光っていた

ここでも男性と女性が描かれる。しかし読みはじめ一行目から「黒髪の片」の、片（かけら）、に引っ掛かる。髪だったら筋とか束にしたいところ。長い髪の女性が馴染みの男にごっそり懐のお宝を剝ぎ取られてしまったのかしら。泣きつかれたほうの男性も怪しい。煙草の煙でうまく撒こうとしている。

「都会風のあきらめの早い語法のあるのを了解しながら／ふたりして／風のつたう燐の幻野に／旅に出ようと誘うのだ」

なんて、危ない危ない。いったい「都会風のあきらめの早い語法」とはどんな語法なのだろう。道連れ同士の同情、を誘い、心に痛手を負った女性には甘い誘惑の、それは絵に描いたものだからそこに「廃兵がひとり瘧で死んだ」と、現実の風景をいきなり挿む。廃兵と瘧病という二つの現実を突き付け、浸る感傷にぴしゃりと我に戻させるこの一行で、出鼻をくじかれうわつく気持ちが抑えられた。さらに「僧侶がまちがって情死の合図のときの鐘をついたという噂が」あり、冷や水を浴びせる役をしている。この僧侶のうっかりした行為が流れをかえたとわたしはみる。思わぬ偶然の瞬間もあれば、するどい勇気の判断がいるときもある。世間では、知らん顔と、振りのうまさが壁となり悲劇にみまわれたりすることだってある。

　このかなしい女性にとって思い出したくもない出来事は「玉葱の辛みのよう」だという。時間を経るうちに世間の噂や悔いの痛みが薄れるなにかいいことがあるだろう。都会のまんなかでこんなふうに、「都会風のあきらめ」かたを知った普通を装うたくさんに紛れて、自分も普通になろうとするひとりがいる。とはいいながら次の二行ははっきりとわかったようでよくわからない。

「髪の葉の追憶を／円の堅い仕草で刈りつづけていた／」ここにある「髪の葉」とは何のことだろうか。べそをかいていたあのころに着けていた髪飾りかもしれない。では「円の堅い仕草」。これから生きて行くための決意だろうか。「熱い乏しさ」がまたも煙に巻く。描く女性の表情がピカソになっている。つべこべ言わない強さで刈り続けるのだ。それは行間に配置された「ななめ」「肩」「陽がおち」「いちばん奥」のことばで、日々の困難な背景を物語っている。とはいえ最終行の「光」では希望が約束されている。

　１９７６年といえば昭和51年。日本の総人口の過半数が戦後生まれとなり、不況とかロッキード事件といったことばが巷を行き交う。時代の流れとはいえ向かう先の期待と、置き去りにできない愛着が、未完の宿題を抱え近代化へと歩を進める。華やぎを前にした悄愴を嗅ぎとって書かずにはおれない詩人の視線が、膝を折りうずくまる背後をみつめている。それは第一詩集『倉橋健一詩集』１９６６年から、すでにはにかみながらも助走しはじめている。

やがて10年の歳月を経つつ現われた佐々木幹郎のいう庭は、万事に凶であるという闇の底を開放する独特の方法を編み出し、魂の再生への場所になっている。ひとが見えない内に隠し持っている倦怠は塞ごうとすればエネルギーになって発酵し思わぬところに浮びあがる。それは生きている証拠のように感情の〈いちばん奥〉で制御できない何かが衝き動かす。社会の歪みで汚れ拭われぬ靴痕もまたあるのだと、詩人は庭に置いてみている。

ところで冒頭で触れた外箱だが、そこに描かれている絵について書き添えたい。銀線の勢いある痕跡を見ながら、この材料は釘かなあ、それとも圧し折った木切れの端っこかなあと想像していた。それは麦の穂だと最近になって知った。しかも佐々木幹郎自ら描いた装釘だという。あらためて生へのこだわりを強く感じる。それも解っているさ、と麦を手にしたその場面を目に思いうかべている。『凶絵日』を包むものが命あるものでよかった。

かつて倉橋健一は、「切実な主題は、日常のくらしの奥にまぎれもなく沈静してある。（１９８６年１月23日毎日新聞）」といった。その、あるけれど沈静しているものを見つめ詩に書き続ける姿勢は変わっていない。

時を分かたずしずかに咲く花、懐かしい健やかな音楽、永遠を語る美術、そしてみずみずしい詩の幾篇かを胸に持っているのは得難い幸せといえる。

「都会のまんなか」（詩集『凶絵日』より　初出「白鯨」6号）

「森の中で」「紅葉」——挨拶を交わすのは森の生きもの？

この二つの詩は詩画集『シーソーゲーム』に収められている。絵は成田和明の色鉛筆画である。奇抜で豊かな発想を24色の色鉛筆で展開する成田和明の絵と共演する倉橋健一の詩が、いつになく冒険や憧れへの回路を刺激する。これまでの詩のイメージとは別のなだらかな素直ささえ感じる。『シーソーゲーム』に挟まれた栞（成田和明氏の姉による）によれば絵は「不思議な透明感、無邪気な明るさ」があると記されている。聡明で愉快な絵の数々とゲームを愉しむように呼応する10篇の詩もそのことばがあてはまると実感する。

さてわたしの住んでいる神戸の街からも、「森の中で」にあるような奥山へと辿れる道がある。南側は大阪湾に面しているが、湾に沿って六甲山脈が連なり、市街はその山並みを背負う格好で海岸つたいに繁栄してきた。おかげで登山のコースもいろいろありめいめいに楽しむことができる。健脚向きの尾根をゆく登山道の端っこは明石海峡からせりあがり延々宝塚まで。山腹には牧場やゴルフ場、植物学者牧野富太郎博士ゆかりの『六甲高山植物園』、６００年来の古湯有馬温泉もある。わたしがときおり訪れるのは『神戸市立森林植物園』で、そこには紫陽花や石楠花の群生、池を囲む雑木林、登山道や森へとつながる遊歩道など、園内は季節ごとに変化のある幾つもの散策コースが整備されている。「森の中で」「紅葉」はこの風景を思い出させる。施設内には随所に丸太の腰掛けや台が設置され、それらは池のほとりや枝垂れ桜のまわりばかりではない。渓谷沿いの曲がり角、そこから谷を見下ろせるちょっとした一画にもあるし、小道を歩くうち、うっそうと茂った藪のなかに長椅子と小さな台がひょっこり現れる。賑わいから取り残されでもしたようなぽつねんさで、けれど藪のむこうには話し声があって、安心して(森のなかであまりに人の気配がないと怖い)いいとこみつけた、とばかり荷物をおろす。鳴きかわす小鳥や木立のすき間から通りすがる風になでられると、山ふかくまでやって来たのがわかる。そんな体感を森のことばに置き換えたのかとおもえるような、そしておとぎの国に迷い込んだかのような「森の中で」を歩いてみよう。

私はこんもりとしたあの森のなかに食卓と椅子をひとつ置きたいと思っていた。頭上にはいつものひとり言が通りすぎている。風、冷気、木霊《こだま》という名の、まだいちども約束を交わしたことのなかった生きものたちが、ときには薄暮、ちょっと姿が見えにくくなる刻限を狙ってやってくる。木洩れ日のようにぬうっと上から、こんにちわ。おやッこんな言葉がここでも生きていたんだね。私は落ち着いて枯葉になりたいと思っている。いっそのこと腐葉土になるのもいいものだ。食卓を屋根に地を噂するひとときつかい慣れた時間もとうに割れ、居ることすらもわすれている。

「いつものひとり言が通りすぎている。」いいなあ。小鳥の鳴き声はけっして独り言ではないだろう。こんな感覚になれるのは成田和明の絵の魔法が効いているから。合図とか会話とかは相手に伝わらなければ意味がない。暗号だって相手が要る。独り言はそんなの関係ない。ひとは自身が何かを確かめるために独り言ちる。誰かが聞いていようがなかろうがおかまいない。だがまてよ。もしかして、そんな振りして『シーソーゲーム』に誘っているのかなあ。

通りすぎているのは「風、冷気、木霊」だと知らされる。それぞれに名前があるという。そんなことわかっているつもりだったが、こう言われると別の理由がある気がしてきた。風という名前、冷気という名前、木霊という名前で、個を持ち特徴を供え存在そのものとなる。さらにそれらは「生きもの」だと言っている。さて我らも、おなじ生きものだった。つまり風も冷気も木霊もこの空間を共有する同士として揃った。そして詩人は「まだいちども約束を交わしたことのなかった」とうち明ける。この新鮮な告白は、永遠という線上にいて互いに交信し合えると示唆している。刺激を含んだ華麗な詩行に情感がある。しかしこの心境は未来への希望なのか、それともどんどん孤独の色が濃くなるのか。次元を超えてナンセンスの深淵が待つ危ない矢印かも。森のなかは空気がおいしい。森林浴ということばもある。植物園にはたまにでかけぼんやりと過ごすだけだが、仕事の疲れや日常のこだわりもあっさり浄化された気分になる。静寂の奥に森の生身の気配を実感する。つかの間の孤独の味は、普段をも愛おしく回想させる。それで納得し閉園時間にはそそくさと帰路につくのだけれど。そのあと「生きものたちが、ときには薄暮、ちょっと姿が見えにくくなる刻限を狙ってやってくる」という。木洩れ日のようにそそっと揺らぎながら。うっすらと昏れる昼と夜のあわいはミステリーゾーンらしいね。その薄気味悪い時刻に「ぬうっと上から」来られると驚くし怖い。しかしそこは平静を装って「こんにちは」と挨拶するのが肝心という。わたしはこんな時こそ逃げ腰だったのでもったいなかったなあ。風や冷気や、木霊たちと挨拶すれば、入り口はここだよ、と合図をもらい異空間の住人と一体になっていられたやも。

アメリカの絵本作家にマリー・ホール・エッツ（1895-1984）がいた。『もりのなか』という幻想的な物語が遺されている。ラッパを手にしたこどもが森の中で、ことばが交わせる着衣の動物に出会う。動物たちはこどもが鳴らすラッパの音を合図にあらわれ、得意の楽器を鳴らしながら後からついてくる。ここでもラッパの音が挨拶ことばになっている。見えない相手が見え音が聞こえる。まるで動物たちとは以前から仲良しだったかのように楽隊ごっこをして遊ぶ。「森の中で」でもおなじように、詩人も挨拶をし「おやっこんな言葉がここでも生きていたんだね。」と、にこにこしている。この一行のことばは互いに通じあったという確認があり、ここから扉を開けて異世界の出入りが可能になった証。これまで互いが一方通行だった生きものたちに「こんにちは」とはたらきかけ、ラッパを持ったこどもと同じく自由な往きかえりができる。突破口がよくわかる。

なぜ、声をかけたのだろうか。食卓のしたで「枯葉になりたい」「腐葉土になるのもいい」とつぶやいている。それは「つかい慣れた時間」ではない未知の時間を歩いてみたいと考えているからだろう。無頼の独り言に声をかけ、普段からあった思惑を試みたのだろうか。

「紅葉」をひらくとここでも木霊がいて風が現れる。

そのとき私は、ひょっとしたら行きどまりになるかも知れないと不安に怯《おび》えながらも、まだ長い道のりをこなすつもりでいた。野宿もいとうまいと思っていた。それにしても北西風《あなじ》に攫《さら》われたひと束の哀傷のゆくえを求めて、もうなんどさまよい歩いたことだろう。きのこ狩りする木霊《こだま》たちとなんど黙礼したことだろう。こうして秋は深まり収獲の終わりを告げる朝を迎えた。きりきりと風に消えた哀傷はもどらず、吐息《といき》のなかで森は何も知らぬげに、みずからが醸し出す夕照に熱心に染まりはじめていた。

「森の中で」は冒険に出たのも忘れて森の居心地のよさにほっこりしているが、「紅葉」はちょっとばかり哀愁をおびている。神秘的な趣、色づいた紅葉に誘われるように森の奥深く足を踏み入れる。木々は葉を染め実を結び足元には茸も。夏だった日々を燃焼させる錦秋の世界。「きりきりと風に消えた哀傷はもどらず」美がまとう切ない悲しみを秘めたことばが、胸の寂しい小さな池をみつめている。華やぎはながくはない。季節は引き返せない。待っているものが過酷だとわかっていても進むしかない。こらえきれずに吐息を洩らすその肩。知らん顔している木霊や風。彼らとて、選択肢はないと知っている。「みずからが醸し出す夕照に熱心に染まりはじめていた」というカ所は、悲恋物語の恋さんを見るよう。「熱心に」がひとつの幕切れと、潔さを言い表している。

ある秋の『神戸市立森林植物園』もそうだった。池のほとりで例のようにお弁当をひろげていると、数人のこどもたちを伴った一団が賑やかにやって来た。リーダーと思しき年配の男性が立止っては木の名前や種類など説明をしている。漏れ聞こえる声にわたしも耳をそばだてる。野生の動物たちが夜になると出没するのだという。猪は木の実を食べに出てくる、と話している。無人となる閉園後から夜には樹も池も野生そのまま「みずからが醸し出す夕照に熱心」なのだろう。行楽シーズンの人混みに紛れた景色しかみたことがなかった。だからといって、徘徊する動物や木霊に会いに来ようと思わなかったのは、日当たりのよい丸太の椅子でたっぷり陽を浴びてのぼせてしまっただけではないような気がする。もしかして、この魅惑的な森の造形美に捕り憑かれ彷徨するうちに、詩人は精霊に声を掛けてしまったのかもしれない。それほどに詩篇のことばたちが危うげな魅力を発散させている。

ところで詩画集『シーソーゲーム』の絵は明るい色の鉛筆で丁寧に描かれている。当たり前の枠から異質が芽を出す遊びの、はじまりの発端に驚かされながらも飽きずに眺めている。画家の手の中からは斬新で奇抜な組み合わせのからくりが次々と湧き出るのだろうか。例えば表紙には、ワイシャツ姿のまじめな服装の男性の鼻の先はレールになって二両の列車が乗っかっている。こうした異次元の取り合わせの妙が画面ごとに構成され、異空間広場を形成しそこに仕掛けられた面白さに釣られる。空の雲の一つが烏賊でそれを摘まもうと公園のジャングルジムの柱の先が手になって伸びる。アイデアに声をあげ笑い、これいいなあと感心しきり。頁をめくるとさらなるナンセンスを凝らして詩が待っている。どちらの世界にも不思議の種が撒かれミステリーに誘われる。画と詩篇ともに自由さにてらいも過激さもなく息を合わせ遊んでいる。素朴な優しさをにじませているのが伝わってくる。こんなふうにして翼をはばたかせればいいのだよ、と。絵を見るうち自分で囲った枠を外し身軽になったよう。奔放なイメージをたぐり寄せる楽しさは翼が背中にあった、と、気づかされた小鳥の気分みたいだった。

「森の中で」（詩画集『シーソーゲーム』より　初出「火牛」39号）
「紅葉」（同　初出「朝日新聞」夕刊99年10月17日）

「鬼の霍乱」――試練は亀裂の断面に容赦なく刺さる

燕のことしの巣立ちとしては最終便になるはずのグループが、ビルの屋上から旋回をくり返している。遅れて生まれた子燕たちを連れて南へ旅立つための飛行訓練だろう。すぐ隣のビルを足場にしていたので鮮やかに空中身をひるがえす姿がベランダから眺められ感動した。瞬間だが目前を個体が横ぎり、意外と大きいので驚く。2018年10月の中ごろだった。そんなある日、北海道小樽市に住む杉中昌樹氏より主宰されている『詩の練習』が送られてきた。今回は倉橋健一詩集『失せる故郷』第五五回歴程賞受賞を記念して『倉橋健一特集』である。筆を寄せているのは、時里二郎、細見和之、三井喬子、竹内英典、苗村吉照、山田兼士といった今を活躍の詩人たち。もちろん巻頭には倉橋健一詩「鬼の霍乱」、エッセイ「閖上、荒浜で考えたこと」が寄せられている。顔ぶれの新鮮な活力を両手にずしり受ける。そしてあらためて巻頭詩、エッセイから学ぶことがおおきかった。

エッセイ「閖上、荒浜で考えたこと」には、東日本大震災のあと、東北、北海道を旅行して、その折り、仙台の詩人丹野文夫らの案内で、閖上、荒浜を訪れた旨、綴られている。

実際にその地に足を運んだ者が感じ取る空気感が、行間から強く伝わってくる。

読みすすめるうちわたしはある光景を思い出した。１９９５年阪神・淡路大震災の直後のこと。わたし個人としても、寸断された交通網とはいえ職場への復帰が急務だった。神戸と尼崎の間をバス、徒歩、部分電車に、数時間の順番待ち時間をそこに余儀なくしながら幾度も乗り継ぐしかない。その足場を確認しようと道順を辿っての帰路、暗がりの徒歩の列の中でばったり出会った。後で知ったのだが、神戸に住まう知人を案じて遠路足を運びその帰路であったと。あの非常時に出合った偶然はにわかには信じられなかったけれど、ほんとうに嬉しいできごとだった。互いに無事で元気だと実際に確認されその後の希望に繋がった。と、震災後の仙台を歩く詩人の姿を想像するうち甦ってきた。

近年日本が経験した度々の災害については周知されているとおりで、とはいえ近年と区切られないほど太古の昔から実際に延々と今に続いている。自分が居合わせていないだけで、過去の地変や災害は資料に記されている。被災しつつ生きるのも、自分が体験したままを後世に伝えるためではないかとこのごろ思う。大自然はみずから破壊をした痕跡を遺している。断層、岩、山の形、樹木の植生に、その後を生きる我々は知らされる。ひとがひとに伝え遺すのは文字、または口承、慣習、風俗、習性、生きざまだろうか。いい恰好はいらない。後世の人々への遺書のつもりで語り、書き記すこと。エッセイにはそこがしたためられている。ここでは部分になるのがおしいけれど。

……「閖上の記憶」と名づけられた資料館があって、影像資料など保存され、土地の被災者の方が語り部をしていた。……この資料館がほんとうの価値をもつのは、それから先だろう。つまり、三陸海岸全域は、近代に入ってからも明治二九年、昭和八年と繰り返し大津波に襲われ、おびただしい犠牲をはらいながら、なお人びとの多くはその地を離れようとはしなかったからである。同時に自然災害は大津波に限らない。河川の氾濫から土砂崩れにいたるまで、いたるところにおこる。こうなると逃げるのではなく、たとえどんな犠牲をはらおうとも自然と折り合いをつけていくしかないからだ。——

「閖上、荒浜で考えたこと」（「ACT」14／11）

逃げるのではない、という断固としたことばは、昔話や災害の資料の共通線上にもあり、こうしたときの示唆として我々を呼び止める。被災しつつもさらにと進む生き方もある。ひとの歴史なのだろう。語り継ぎつつ連綿と「自然と折り合いをつけて」生きつなぐ。その対応や教訓を学ぶのも自然の現象に他ならない。「鬼の霍乱」は得心したペン先から書き起こされる。

寒空に晒され晒されながら
一点を保っているあのダルマイカには見憶えがある
図版のなかの黒い醒め切ったぎょろ目は
まっしぐら幼い地上の私を睨みつけ縛りつけた

けんめいに糸繰《く》り綛《かせ》にたよりながら
凧糸がもう尽きはてるところで
それでもわが身を浮かされまいと耐えている私だが
さて、そのときだ、一瞬ぎょろ目は大気に消え切れ味よい雷鳴がそれにかわった

気味わるい気圧配置があったもんだ
それっきりぎょろ目とのあいだにあった（はず）の長年の均衡は費え
あとはもう枯草のなかへはかなくも蹲った

いく年かがたちいくねんかがかっ攫《さら》われようとも

私の記憶からぎょろ目の縁《えにし》が去ることはあるまい
宵闇が忍び寄り今夜もそっくりの明日を締めくくる

大地に起こる諸々は我が物、と言わんばかりの態度をダルマイカにみたてている。得体の知れない生き物のようで、意思があるかに思えるのが鬼神そのものとわたしは思った。風神、雷神、他にも鬼は数多いる。自然そのものに棲まう鬼神をダルマイカの爪に象徴させ、常に向き合わせるひととの関係が絵に思い描けて迫力がある。糸の感触を手に感じ取り、強弱をつけて引き加減を按配する。力比べになる。ちょいと摘み上げられて放り投げられ、飛ばされたらおしまい。我々はこれまでにたくさんの経験をした。ならば回避したり迎え撃つ秘策をこころえているだろうか。鬼の機嫌を損ねないようにするのも知恵がいる。おもえば鬼を相手に技と工夫の知恵をしぼる繰り返しだった。叩きのめされ、かっさらわれ木端微塵になりしても不死鳥のように（阪神・淡路大震災では不死鳥フエニックスが合言葉になった）人々は再生してきた。そして何事もなかったかのように、つい日々を甘んじ油断し隙を憑かれる。哀しいけれど工夫とか便利とか発展などの名を借りて、自然の手ごわさ、緊張を忘れる。鬼はひとの心のなかにもいる。ひととひとが争う結果の犠牲者こそおびただしく、哀しい。便利さにある快適な暮らし、にコピーされた絵爪は空中舞い上がり手元の糸さえ足りなくする。からだごと運び去られそうになる。いつかきっと「それっきりぎょろ目とのあいだにあった（はず）の長年の均衡は費え」る閃光で、ばっさりと場面が変わる。「鬼の霍乱」は今現代の社会が抱えるおおきな課題をそれぞれの行になぞらえている。わが身をさらけて生きる、を問い直している。燕たちはそうしているはず。

すこし遡って同じ２０１８年の現代詩手帖１月号には、歴程賞受賞後第一作「わが敗走」（二連四七行）がある。せっかくだから全行紹介しよう。

宵闇、猪が出たとの報《しらせ》があって
一目散、猟銃をもったものたち、山裾に駆けつけた
一刻たつとたどり着いたけもの道の脇深く
息を潜めて獲物を待つ猟師たち
気がつくといつのまにか私もその一人になっていて
まだ見ぬ獲物にへっぴり腰ながらわくわく
歯もかちかち鳴らしている
と、背後に何か
見ると（オヤオヤ）同じ仕種

かちかちがかぼそいもぐもぐに変わるところだけが違って
上下の前歯をとうになくした
老人であることだけはすぐわかる
こやつも猟の経験などまるでないのではないか
とおかげで同類をえた気分で
すこしばかり気も鎮めると
なるほどなるほどわれにかえった
居るはずのないところに居ることへの不自然にも
納得がいき
もぐもぐも気にならなくなった
かわって今度は
（もしかしたら追われる猪が変装してここへ逃げ込んで）
私のおばばそっくりになっているのではないかと
うっすら気味悪くもなってきた

けもの道ははてしなく続いて

山頂にいたるまでとぐろを巻いて
そうなると変装などしなくとも
猪はもうもどることがないかも知れない
朽ち葉を踏みしめたときから
私たちはもうとんでもない錯覚に嵌められているのかも知れない
ただほんとうの猟師たちは
息を詰めるのも退屈をしのぐことにも常連で
生きているのか生きていないのか
それすら見分けのつかないほどに
といっても私のほうは醒めているのだから
もう真似すらすることができない
にじり寄ってリーダー格に聞きたくとも動くことすら許されない
しかたがないから（私のほうは）
幼い頃毒茸の見分けの上手なおばばについてまわった山歩きの思い出にすがるしかないと
名号を唱えるように

おばばおばばとくり返しくり返し
わが暗示へ溶け込むことを願っている
いく時間かがたって弦月も姿を消して暗闇になって
ぜいぜいぜいぜい息を吐いている自分に気づいて
事件を知った
私はすでに私のすべてが猪であり
けもの道のかなたへかなたへと
一心に駆け抜けているのだった

タイトルが「わが敗走」というのは倉橋健一の特異な忍法擬態の術のひとつ。とある心境を描いたものだが「敗走」の文字が眼に飛び込んでくるので、おっと、すんでのところでかわされそうになる。まるでこどもが照れてもじもじしているようで、けれどちゃんと胸中素直に表現している。初々しさを感じるほどに和ませられる。ここでも逃げ隠れをせずに向き合う姿勢がある。なんだかんだと擬態の術を駆使するけれど、ちゃんと辺りの様子もみているし、おばばさまを登場させるなんて。ほうらやっぱりね、と、周りも承知して安心し、一緒に愉しんでいられる。

あらためて倉橋健一の詩を読むと、自身のペンで慣れ親しみ使い込んだことばに存在感を持たせるノーハウを会得している。独特のことばの座り方、味の持たせ方を考案しポーズを決める。ぴったりで違和感もない。どこがどうとかも難しいが、集まり方並び方が詩の顔つきになって読み手を唸らせる。比喩をつかいながら核心を凝視し、そこに気がつかない周りの散らばった各位置に、じわりじわりあるいはスパッと向き合わさせる。気づいた時には副産物のように諸々の獲物が座している。ほんとうの猟師、なのではないだろうか。猪は果報者といえる。

「鬼の霍乱」（「詩の練習」15号）

「あの葡萄の実は」——その視線はすれ違うのか、飽和するのか

人、という漢字はひとが支え合う形にみえる。実際自分に当てはめてみる。頼りにしていた相手がするりといなくなる。オッとかわせたらお手柄だが、弾みで尻もちをついて気がつくこともある。相手によりけり、とばかりもいえないが、まわりとの関係性が浮き彫りになる。案外むこうからはしっかり見られている、と、つらつらおもう「あの葡萄の実は」である。フィルター越しにわたしの生まれ故郷がみえる。そこは四国の山脈を背にした深い森があり、そこを水源とする川は里山から平野の林をまわり、川幅を広げながら田畑を潤す。近年までは日本のどの村も山地の恩恵が暮しを支えていた。しかしそこかしこ、じわじわと過疎化する波音がするようになった。たぶんこうした光景は時代や場所を特定しなくても似たような話はある。

そのひとつに１９５０年代のアメリカを回想させられるトルーマン・カポーティ『おじいさんの思い出』がある。食べていくのがやっとの貧しい暮らしを自分の代で終わりにしようと考えた両親が都会に出る。両親はこどもを学校に行かせたかった。代々の土地で畑

仕事を継いでいた祖父母は息子たちが去っていくと間もなくひっそりと亡くなる。時代と自分、自分と社会、社会と家族、家族と自分。がっぷりとつながり、つながりながら共に動いていく。個の日常とまわりの動きが、重なり外れ引っかかりして変貌していく絵が時代の色を塗り替え描かれる。その絵は様々な要因が幾つもの選択をした過程となる。「あの葡萄の実は」がもつものしずかな視線（内在する）は、相容れぬものをはなから拒絶するでもなく、かといって丸呑みの強引さを当然にもせずに、むしろそこをいい距離とみて並走する。ひとは常にそうした間柄での繋がりや関わり合いを濃くしたり解いたり、紛れ込んだり導かれしながら歩いており、（詩の作者は）年齢や経験がそうするだけではなくてじっくりと状態を知り、そこを果報として結んでいるのではなかろうか。この空気感や色あいが得難い個性を醸し出す。

「あの葡萄の実は」は、『現代詩手帖』二〇一九年一月号で特集された「日本現代詩特集2019」による。新年号でさっそく最新の作品が読めるのは素直にうれしい。六行六連の構成。まず最初の二連から。

あの葡萄の実はこちらを見ていると思ったら
そのまんま私の眼になったりする

ああそうか葡萄の実と私の眼はそんな相関関係だったのか
と納得する身振りをすると
にわかに巷にあるたくさんの組み合わせ（相関関係）が
寝汗をかくほどにスリリングな現実《もの》に思われてきた

これでは毎日乗る電車だってうかつにはできない
目的地が錯乱したり後じさりだってあるかも知れない
そういえば失踪する記憶について何か書かないかと誘われたことがあった
幼い頃たわむれたあの森はもうとっくに切り払われてしまったのだといくらいわれて
も
思い出を求めて跡地へ跡地へ足を踏み入れて
いっぽんの毒茸の発見に身を挺した錯乱

日々の中身のひとつひとつは昨日も明日も同じようでいて時間をかけて形づくられた分厚い層から成っている。層は幾つも通り道があり、本日用として時間割を作成しても最初から完璧にそこを辿るとは限らない。むしろ出くわす様々に応じ枝分かれし進んで行く。

その都度まっさら細かい判断が前進を促す。トランプのカードをめくるような感じになる。どきどきしないのは経験があり、方法やルールを心得ているからだが、通勤の電車だって実際は日々の金太郎飴式ではない。時間はそうした何らかの関係をなぞりまた生み出ししながら明日へ流れている。その関係は片方が視線を外せば成り立たない。生活の足として利用するバスや電車も女性専用車両や優先座席ができ最近は日常的になった。昨日とはちがう今日が繋がってすすむ。「もうとっくに切り払われてしまったのだ」といいつつも残像を辿っている後ろ姿が寂しい。「毒茸の発見」は衝撃的だったろう。習慣に異質が接触すれば翻弄される。見とおせない不安が大きくなる。カードはめくる瞬間まで未知なのだもの。
つづく次の二連で秒針が視線になり思念の深部に照準をむけてくる。

チックタックチックタックふるびた置時計に合わせて水を飲んでいる
私のベッドのある部屋はいつのまにか天井が剝がれてしまって
剝き出しの天空《そら》には昼となく夜となく黴によく似た雲が浮かんだままに
そこでは思い出も記憶もなく
求めた結果も強いられた結果もなく
ああこんな話もあったのかと思案しているうちに眠りこけている

そこで難民なのか漂流者なのかさだかでないまま
ときにはまっ黒に炭化した西日に晒される屍の気分で
難民申請の長い行列の最後尾にいる夢を見ることもある
おいしそうな葡萄という名の佳麗な果実よ
だからこそ私の眼とのしぶい関係は忘れないでおくれ
私は目下少しばかり同朋気分で甘えたくなっている

豊かで便利な恩恵で成り立つ日々、だけではないもういっぽうの日々がある。心底危惧することを詩篇の中心部において凝視している。「／難民なのか漂流者なのかさだかでないまま／ときにはまっ黒に炭化した西日に晒される屍の気分で／／」とある六行がそこになる。故郷が話題になれば常に口にするのが「誰がいったい祖国を捨てていかれるものか哀しいことだ」追われるひとたちの身をおもうと辛い、と。そうしてながい時代に向き合い、幾百幾千の詩を読まれ、小説を読まれ、論文に目を通されたのであろうか。どれほどの数の詩を書いてこられたのであろう。未熟なわたしは口をつぐむしかない。時間や秒速はどなた様にも共通用語として当てはまる。と考えればいったいこの速さはどのようにして発見され定められたのか不思議になった。ひとの心臓の鼓動には馴染んでいる。しかしそれも何かに熱中していたり、憑かれたようにがむしゃらが支配しているあいだは眼中にない。有難いかな鼓動の方が加減してくれるし、何らかの理由で壊れかかってもこのリズムを保つようにすれば安泰といえる。ところが暮し向きが便利簡単になったとはいえ、こればっかりは自在にならない。それだから安心がある。何人にも共通する安心「チックタックチックタック」だ。この断固変わらないそこに、生物が乗っかり変貌していく面白さがある。時計は無機質なのに、時間といういきものを産み出しているかのよう。そして時代、時代の個性を鱗にして貼りあわせた龍のように永々と伸び続けながら宇宙を泳いでいる。その瞳は永遠の命をもっているかのよう。

　倉橋健一の詩集には若い頃から「チックタック」が姿を見せる。そのひとつ、詩集『寒い朝』（1983年深夜叢書社）に編まれている「一本のマッチ」には「／チックタックチックタック／と時を刻む音がする／」とある。ここでも夭折した詩人（注によれば、石川啄木とある）の短い生涯をマッチの灯りに導き出しながらくり返し詩行に折り込んでいく。『寒い朝』発行時の鱗にはその時その時代の光景が貼りついている。「チックタック」はわたしたちに過去をも響かせ終わりなく時をまとい繋がっていく。口にいれたひとつぶの葡萄は賞味されても、詩が永遠に残るように種としての葡萄は終わらない。

終連にむけて、視線の張りを緩めながらも手には鼓動が伝わる。

それでも葡萄の実の終りの季節はやってきて
関係を断たれた私の眼は綻んだまま物憂げである
生命期限が麻痺しているのではと知ったかぶりささやく人もいるが
それはまあどちらでもいい
せめて葡萄の実の数は数えておくべきだった
私の眼も臆せず同じ数だけあったと思えるうちに

とおい昔南から北へ小さな低い島から大きな高い島のほうへ
潮の流れに乗って漂流した人は籾種を持っていたかと問いかける人がいて
答えようのない私は頓挫したのだった
葡萄の実の数は知っておくべきだった失踪する記憶のためにも
私の眼の数を読むように
チックタックチックタックと耳を刻む音、私はまだ水が欲しいふと思い出すのは、小さな宴の席のこと。誰ともなく昭和の懐かしいはやり歌を口ずさみはじめた。あの歌この歌とほろほろとうたい、歌詞を思い出せなくてしり切れトンボになると別の歌がくっついて最後は♪夢は夜ひらく～で落ち着く。ゆらりゆらりと幾度か繰り返しているうちにその頃の小説の話になった。『夫婦善哉』はなぜ民衆の心をつかんだのか。問われてあの、その、しどろもどろになる。その頃はまだ幼年だったとのことだが、小説が世に出た昭和一五年ころをどんな絵にして記憶したのだろうか。すぐに太平洋戦争になり、吉岡実は詩集『液体』を遺書として親族に託し戦地に赴いている。みながそうした時代にいてもがき、ささやかな反動あり、流れに巻き込まれ、していく。しかし物が豊富な平成の現在とは真逆状態で生きる人間の姿に人情味がみえる。戦後という切実さの色が真に迫った尖りを帯びていながら『夫婦善哉』の舞台大阪があたたかい。そこは種を蒔いても苗を植えても育つ土壌があった。いつのまにか量産と破壊を取り持つベルトコンベアーに乗っかりビル群の世界へ。今ではコンクリートアートの谷間で、乾いた砂が僅かな風潮にもおろおろと飛ばされている。不気味な「毒茸」が芽をだしていたりする。「せめて葡萄の実の数は数えておくべきだった」「知っておくべきだった」の悔恨。根っこを懐かしむ乾いた手の細さに切なさがにじみ、末尾「水が欲しい」と吐露したひとことが鮮烈な矢となって落日に潜む葡萄の房を射る。哀愁もろとも容赦しない「チックタック」の音はそんな姿を引きづって進む。六連の場面にはそれぞれの「チックタック」があり、それぞれが我が場面を粛々と刻んでいる。こうしてひとは揺りかごに揺られるように時計のリズムに身を委ねている。

そんな振り子や秒針の音が時計の象徴でもあったが、最近はそれすらなくなった。無音の文字盤に数字が表示される。不気味だ。どっこい数字は人類誕生から加算しつづけているとしたら（きっとそうなんだ）、いったいどんな数になるのだろうか。面倒をすっ飛ばして進んだ隙間に省略した物がぽろぽろこぼれそこらに積もっている。個人が幾つもの時計を持ち、ファッションにしてＴＰＯに使い分けお洒落をしているつもりが実は目くらましに引っ掛かっているからに違いない。「それでも葡萄の実の終りの季節」を今の現代詩のありようになぞるのはわたしの早とちりかしら。

季節はまた巡る。籾殻のルーツを辿る時空を旅しながら好奇心旺盛な視線が束の間物憂げにまどろんだからと、このままじっとしてはいない。うっちゃらかしておいては『おじいさんの思い出』にあるように、苺の苗を雑草だと思って抜いてしまうひとが、少なくともここに一人いる。葡萄同様に苺という佳麗さを広く伝授してほしい。

「あの葡萄の実は」（「現代詩手帖」19／1）

「日暮れ時の不安」——見知らぬ影に連れられ既視感《デイジャビュ》をなぞる

季節のうつろいにはうっかりしがちだが、町で燕の姿をみると夏の到来を知り、これから強烈な日射に耐える日々の覚悟を促されもする。とはいえ暫くは同じ空の下でともにすごせる。なにせふるい付き合いだから、スマートな燕尾服姿や独特の声の響きを目の当りにすれば昔の風景が懐かしくよみがえってくる。広い田んぼや町の商店街でも彼らはいつも忙しそうだった。駅の傍の商店街は青天井で道幅も狭く混雑する頭上をかすめ飛ぶ。当時1960年代の木造家屋や電信柱がならぶ道路は、ほとんど舗装していない。そこをのろのろと運行するボンネットバスで通学した。車掌さんは腰に提げた黒い革の鞄をパカッと開けハサミを鳴らし切符を切る。県道は狭いうえに両脇の用水路も剝き出しだった。トラックと鉢合わせすることもままある。バックしたり、すれ違うバスから身を乗り出して笛を吹いたり、「オーライ　オーライ」と大声で誘導した。遮断機のない踏切も蛇腹のドアをさっと開け、走り出て左右確認していた。そんな年代を「日暮れ時の不安」は思いださせてくれる。

「日暮れ時の不安」は七二行つながりでひと息に語り終える構成の長詩だけれどスピードあげて独走しない。ボンネットバスが影絵になって、とことこぎこちなげに無人の町跡を辿っているかのよう。そこにひょっこり見知った動物がいて懐かしさに足を止める。こどもが絵本をみるように、たくさんの経験はなくても知っている何かがあれば未知のお話に近づける。そんなことも思わせられるしずかな視線ではじまる。

霞に包まれた（この地には珍しい）木造の図書館を通り過ぎると
坂道になって
今は錆びてあるいは埃にまみれたコンクリや鉄材ばかりの
うす汚れた窓ばかりが並ぶ商店街が長く延びて
折から正面からは夕照が染めあげる
見事な類唐視界にしばし見とれていると
一瞬鼬《いたち》ではないかと錯覚させた野ねずみが一匹前を過《よ》ぎった。
アアここにはもう他者の痛みに眼差しを注ぐ人など居ない
無理もあるまい
肝心の他者も居ないからだ

と愚直なつぶやきをあざ嗤うかのように
それでもひと昔前にはわが子を育てるために身を売った
健げにも愛《いと》しい経験をもつ女によく似た人形《じんけい》がひとり老いて
長い灰色のスカートの下に見え隠れする足首に
ふらふらとサンダルをからませて
野ねずみが消えていったと同じ軒先（私が知るかぎり）に消えていった。

細部の描写が具体性を帯びてきた。裾の長いスカートの人形《じんけい》はサンダルの音をさせて野鼠の後を追った。霞がかかっているのは懐かしいあの町。木造の図書館は板壁にガラスの窓、瓦屋根に雨どいがあり、ストーブの煙突もある。昭和のはじめは校舎も庁舎も集落の家々もそんなだった。景気の上昇につれ徐々に二階や三階建ての鉄筋造りに変貌していった。「埃にまみれ」るなんて、世間に活気があればとんでもないこと。朝夕磨いてぴかぴかにしていただろう。今もそこに夕日は律義にライトを浴びせる。「見事な頽唐視界」とあるけれど、容赦のない集中光線にこちらは繕えない無防備の恥部を晒されて辛い。すでに家鼠ではなくて野鼠が走り回っている。そのうしろから影のように人形《じんけい》が消えて行った。じんけい、と読ませるところに異世界に棲む者たちの力の増殖を見せつけられる。

だからといって悲劇的だなどと追想するには（むろんのこと）価しない
おたがいこの世にも今もせっかくの生を享けているのだから
生活とはどのみち漂流にも（とても）近いものだから
そういえばサンダルだけが残されて激しく夕照に反射している
（私はここでは物憂いひとりのエトランジェなのだ）
つい先ほどまでは野ねずみがたどった方角とは逆をたどって
とある廃墟の階段を伝って
踊り場につながった鋳物造りのドアを開けて
ハブの館を見物していた
寒がり屋のハブたちのための適温ということだが
むっとした臭気が裸電球の下でよく似合い
（はやくも）囚われものからの無音のメッセージを受け取った
ずらりガラスケースの個室にあって（蛇たちは）
少なくとも私にたいしては徹底して無関心だった
ゆったりととぐろを巻いたまんま

こちらを見向きもしない
こいつらはこれでも相手の油断を誘っているのさ
と語る蛇づかいの案内人を耳朶のうしろに溜めながら
ガラスという対庶物には
むしろすり寄ってもみたくなった
おおここにはハブと共生する人もいる
と思うだけでも間断なく至福の気分に襲われてくる
ハブからみればかっこうの食餌になる野ねずみには
なってみたくとも
その種の受難からも縁遠い
（そこで引き据えられるエトランジェの私）
安らいだまま
つかのまの夕照の廃墟のまちとも
一刻すれば別れているだろう

（　）が詩の意味を深める効果を担っている。エトランジェ、見知らぬ人といいつつも実は立場はすり替わりもする。と、立ち止まった横顔がそう言っている。「だからといって悲劇的だなどと追想するには（むろんのこと）価しない」のだよ。遮断されてはいないのだよと。こうはっきり言われれば、廃墟の跡が錆びついたり埃まみれになっても悲愴感は見当たらない。「他者もいない」うらぶれた街であるのに。やはりエトランジェが体温の交流を司りわたしたちと交流させている。ふらりそこから、さらに野鼠を追うかと思いきや道を変え、反対側へと歩を進める。そこにはハブの棲む家がある。ここからの二八行は野鼠も当然近寄らない。ならば、と、詩人は自らじっくりと家の中を観察する。身を寄せ合って暮らしているハブたちは観察されてもまるで無関心の態度。よくみれば共生する人もいるようす。住めば都だという声もするし、食うか食われるかの攻防も自然の摂理と解釈する。丹念に描写して、遂にこうつぶやいて立ち去っていく。

私は野ねずみ（の印象）にもハブの鈍い動きにも去りがたく
そこで夕照は終わりを告げ
ホラ坂道のかなたからシルエットに変わっている
幡祭に似たけだるい至福に似たとおい爆音に明け暮れた日々
（そういえば）騒擾が恩寵になるといった人がいたっけ

華やかだった時代を回想させるシーン。ハブのように、とまでではないが怖いもの知らず、むしろ堂々と風を切っていたその肩を、萎ませる時代の流れ。どちらの身にも置き換えられる世間の波は、誰しもが思い当たる長さを歩いてきた。旅人的視線に自ら慰められている。スタート地点の穏やかそうに見える散策の行程に、不意のハブの館の登場はとても衝撃的。わざわざ設えた理由を探りたくなるし、「囚われもの」としたハブからもくわしく話を聞きたくもなる。ハブとネズミの関係は、など深部には絡みつく因果もありそうだが、わたし爬虫類ちょっと苦手。しかしそれだから強烈に脳裏に焼き付けられる。ここが狙い、実はさりげなく世間の暗部やからくりが隠されているとみる。詩をうねらせる疾風となり緊迫感で高揚させられる。(うまく乗せられたらしい)

梟の姿がみえる。終行にむかっている。

つぎには梟の黄色い目が頭を過ぎった
シルエットのなかにこちらへ向けて
つぎつぎと虚無の視界が浮きあがり
またしても(私に)錯覚を強いるものがある

今度はカフカからカフカへ
観念のお出まし
いくら行ってもたどり着かない城を目指している
人なつっこい　Kの孤独が
目ざわりなあの頃の（いうまでもなく私の青春期）艶歌のリズムで
耳のまわりをたどりはじめる
限りなくここに留まりたい願望が
やがて来る気の長い闇への怖い思いとかさなって
しばし不動金縛りになって佇んだまま
寸毫も動けない意識のなかで
今しがた摺りちがったばかりの人形だけが甦る
長いスカートをはいている
足首にはよく光る古びたサンダルがついている
そこに親和力がはたらいて
ひと気のない廃墟のまちで
そのまんま

私自身
人形になっていく

どのことばも、どの一行も、次と前とを意味づけ理由づけ、互いに関連し合い進行する。そのための一言がしがらみを方向づけて動き、動きながらどんどん言わんとするそこへと読み手を運んでいく。その触手の、ときには心情を吐露したことばにからめられる。一幅の絵が仕上がってきた。「Kの孤独」が筆の跡を確認する。若いころのことが艶歌の歌声に重ねて懐かしく思いおこされていく。「やがて来る気の長い闇への怖い思い」は、パチンと指の音がして、記憶の奥に溶かされ「親和力」の罠がかかる。旅人に連れられて辿りながらいつしか絵物語に迷い込んでいる。

小野十三郎『蒸気機関車』（1979年創樹社）を思いおこしている。詩集の最終頁をみると、そこには昭和24年ごろに実際に石炭を焚いている乗務員席に乗ったときの記念写真がある。京都の梅小路機関区で竹中郁や安西冬衛らと一緒が嬉しそう。あとがきでことのいきさつを語っているように、蒸気機関車が作品によく登場するのでいつか一冊にまとめようと思っていたとのこと。「日暮れ時の不安」を読んで咄嗟にこのくだりを思いだした。倉橋健一の詩には描き込む物語に場を得たかのように動物たちが登場する。作品のモチーフとして役を与えられ、蒸気機関車のごと個性的に存在する彼らは入り組んだ渡世の案内役になり、物語へと誘い、からまる謎を解くきっかけをもっていたりする。比喩や換喩を駆使した巧みな行程に親近感をもたせ、たどる道しるべとなるよう灯りになっている。その役をになう彼らの存在は、奥深く道のり遠くても連れ合いになる。そこになぞらえる複雑なひとの心模様を美しくときには尊厳をまとう倉橋文学の伴奏者でもある。そう、躊躇する読者の警戒をほどき、誘われて同行しはじめる歩幅に合わせるように立ち止まりして。その間のとりかたに視線の温かさ細やかさがみえる。エトランジェ。いい言葉だなあ。燕のように、ひるがえる刹那が放つ深みになにかが刺激される。でもでも、だれだって日の暮れかたは不安に駆られるものだから、暖かい灯りのにぎやかな座で夕餉の一献とまいりましょう。

「日暮れ時の不安」(「イリプスⅡ」27号)

「椅子を一脚」――不在と存在をとりもつ形として

実を明かせばつい先日、古びた揺り椅子を手放したばかり。だのに、「椅子を一脚」が具象化されてそこに居る。越し方の苦楽をにじませ渋みを帯びていた姿が、ぽっかりとした空間にいまだあって、わたしの愛惜の道行きにつきあってくれる。のっけから私事で恐縮だがかれこれ半世紀近くもの存在だった。形は脚に橇がついたボストンロッカー。身を沈めうとうとと忙中閑を得る場所だった。これまでやんごとない事情で住まいを幾度か変えた。老夫婦だけのくらしになりこどもらが運んで来た。「ゆらゆらが、また要るだろう」もちろん、わたしは喜んだ。しかし長い年月、遠慮のない荒っぽさがこたえ強度を失くしていた。背棒の一本が外れ高額の修理費用がかかった。そしてついに座板の繋ぎが落ち込み、またも背棒が笠木から外れている。手放すと告げると椅子職人さんは「修理しながらうちで使わせてもらいます」。これには嬉しかった。

家のなかで椅子は定位置を占めひとのからだを受け入れる。座れば癒され復活される場所ともなる。存在がひとそのもの。「椅子を一脚」にもそんなエッセンスがある。

詩の構成は一連でたどる39行。幾度読み返しても温かいものにふわりと包まれる。ここにあることばには、ちょうど新緑の柔らかい産毛が陽ざしに包まれて顔をだすようなにこやかさがある。かわりばえはしないけれど普通がもつ力をそれは宿している。日めくりの退屈と解放が朗らかに在り、目に見えずとも決して失くしたくはないと願っているもののひとつといえる。一人語りに導かれるように絞りの絞に沿っていくほどに大きな背中があり、それぞれの場所に安心してすわっていられる椅子がある。そんな感覚になる。

けれどもこの詩を、こんなふうにありきたり風に言ってしまってはいけない。胸の深いところにまでとおるしずかな声のようで、それは自足を心得る日常のつらなりの形といえるようで、だから不思議や特別ではないごく自然体に聞こえるのだろうか。年月をかけて湧き出た地下水が森の下草を這ってちょろちょろと集まってくる瀬のよう。小さなくぼみでは喉を潤す生き物がおり、枝で鳴く鳥もいる。澄んだ水の中にも魚の姿がある。そうした命の源ともいえる場所に似ている。そんな光景を椅子になぞらえている。

視点をうつしてみる。全行に横たわっているのは、かけがえのない、この世をすでに旅立たれた両親の面影になろう。

これまで、倉橋健一の詩には時として姿をみせる母の存在があり、その生前に語り聞かされたという戦死なされた父がつかず離れず寄りそわれる。当人はめったにそれすら口にはされないことではあるが、ごくたまに、歴史年表の箇条書きに歴然と痕跡が交差する場面に行き会わせたテーブルになると、機を逃さず、ここぞとばかりに代弁すべくその子として語るところとなる。戸籍謄本にのっとる云々以前の、体験していない者には生々しくも貴重な声。手写しに託されて綴じられていく資料の束から華やかに映像化された類ではない現実感、一個人の実際の出来事として動かしがたい内容の口移しの伝達といえる。

もちろん戦後資料の多くが辛い不条理をまとった過酷なばかりではない。絞り模様のあいだには日常が連綿とある。そこを思い出し誇張もなく詩は淡々と語り聞かせる。語る先から活き活きと明るい家族の風景がよみがえる。

最初の6行がそこにあたる。

そういえば、わたしの母は
若い父が（その頃）
国産のキャノンカメラを愛用して
休日には折にふれ、押入れのなかに暗室をしつらえて
現像処理に熱中していたと
よく話したものだった

日本で国産カメラが一般に普及し始めるのは１９３０年以降のことである。こどものころ従妹の家に行くと、珍しいものが色々あり、カメラもそのひとつだった。伯父がカメラ好きだった。文化や文明の最先端への憧れが、更なる生活向上へのエネルギー源にもなった。従妹たちとの懐かしい写真をみるとつい昨日のようにその日々が蘇る。おかっぱの髪がこどもらしくて、やんちゃの途中に呼び止められて並んだ格好に笑ってしまう。その叔父も天寿を全うし、叔母は上寿の賀（一〇〇歳）を祝ったばかりである。

続けて読む。

この母が逝って（早や）12年
ふと、この夏（外は38度という猛暑の午後）
母の残した手つかずのままにしておいたケースが気になって
なにいうともなく開けていると
靖国神社のお札や遺族扶助料の証書や預金通帳にまじって
緑茶色の100枚綴りのネガアルバムがあって
色褪せているが

たくさんのネガが出てきた
この父、昭和13年5月4日
中華民國安徽省懐遠県前郢子附近で戦死と
戸籍謄本に記されているから
それよりももっと前、もう80年以上も前のものだ
透かしてみると藤椅子に母が両手でうしろからささえた
素っ裸の赤ちゃんが写っているから
これは戦死の前年2月に生まれた愼二だろう
寄りそっているのはむろんわたしだ
めくっていくと母はむろん、父方の祖父、母方の祖母
若い三人の叔母たち、つぎつぎとみんな居て
今はもう（むろんのこと）誰も居ない

そんな風にして宮参りの記念の写真を撮った。この頃赤ちゃんは裸んぼで撮影をした。何の不思議もなく臨んだけれど、ひとつのならわしだったのだろうか。

アルバムには時代の先端が背景ごとあり、手に取れば時空を超えて立ち戻れる。頁を開

けばいつでもその場が在る。なんと愛しく清々しいことだろう。そして「今はもう（むろんのこと）誰も居ない」とあるのが現実味を帯びている。不在という事実を確認する辛さ。写真の中だと頭では理解している。はっと我に返るのが、惜しい。

ああわたしひとり
そう思っていると
ふいにカーテン越しの猛《た》ける光線が気になって
あとじさりしながら壁にもたれて
ありふれた郷愁《ノスタルジア》に堕ちていく自分を
（しばしのあいだ）もてあました
その一方で
新しい絵を見ているのとよく似た気分が
ないわけではない
椅子を一脚
誰が据わるかまだきめていない椅子を一脚
あればいいな、

　　という程度の
　　へんな猶予に駆られている

据わる、座る、はどう違うのか。据わる、は、動かない又は落ち着く。座る、は腰を降ろす。敢えて据わるとしたところに椅子の意味を持たせる。ちょいと一服して通りすがるのではない。誰かの存在の位置づけをしようとしている。この場に椅子を置くアイデァは素晴らしい、ポンと膝を打つ。ここにこそひとつの椅子の存在は目にも心にも輪郭になる。

新しい絵とはどんな絵なのだろうか。「ああわたしひとり」と考えた瞬間に過《よ》ぎる畏怖をもった不安。そして自分に強いている納得とかが行ったり来たりの猶予の隙を、カーテンが衝いてくる。「ああわたしひとり」の尻尾を摑んで振り回す。この経過の流れは誰しも抱く思考の幅にすぎない。アルバムに潜在する風土色したロマン。だから延々と時間を忘れ感情にさえ持て余される。「ありふれた郷愁に堕ちていく」の一行がとてもわたしは好感がもてる。

猶予させるのはそこに母が見えるからではあるまいか。とそう思うのはかつて戦火の体験をうたった詩が詩集『化身』（2006年思潮社）を紐解けば編み込まれている。まるで現場をつぶさに書きつける記者の筆で、しかも状況を客観視する距離もとりながら41行を一息に駆ける。そこに毅然としたその姿が確かめられる。場面を浮かび上がらせる描写は郷愁に染まる。中でも次の「十一歳のbirthday——昭和二十年七月十九日、小さいまち福井で空襲にあった」にある終行は印象深く読みかえされる。

気がつくと
13日前のグオングオンの轟音がよみがえる
幼い弟の手を引いて
濡らした夏ぶとんをひっかぶって
日ごろ母親にいわれていた
約束の地へ
炎に追われる人びとの群のなかで
地に伏せ
踏まれ
蹴られ
とにかく
走りつづけていたのだった

父はかの地で、「昭和13年5月4日」に「戦死」と記され、いっぽうこの詩は福井が空襲にあった昭和20年のこととある。推察すれば親子三人である。このとき事実を知っていたのだろうか。戦時下ゆえに日ごろから非常時の対応の仕方を母はこどもらに教えていた。いわれたとおりに夏蒲団を水で濡らしてそれを頭から被り走った。しかも小さな弟を連れている。命がけで走る姿が幼いゆえに不憫でむごい。「約束の地」は果たして安全で、そこで待ち人と再会できたのであろうか。

終戦となり、空襲の恐怖が消えると、現実では残された母子二人きりの暮らしを余儀なくされる。倉橋健一にとって、いざという時にはと言い聞かされた「約束の地」はそれからの長い人生に指標となって脳裏に刻み込まれているのではないだろうか。そこには紛れもなく家族が映っているあの写真であり、裸んぼの弟を座らせた藤椅子でちょっとの間じっとしているように後ろから手で支える母、傍に寄りそう自身がいて、すぐそこにカメラを構える父がいる。以来不在となるその父の分も背負うことになる半生の道のりに、三好達治の「乳母車」が通りかかる。ふた組の親子は今日のくらしのために今をまっすぐに、町なかを用事ありげにそそくさと歩き掛かる。しがらみにひるむまいと自ら叱咤し、にじられまいと歩く詩篇である。

時はたそがれ
母よ　私の乳母車を押せ
泣きぬれる夕陽にむかって
轔轔《りんりん》と私の乳母車を押せ

淡くかなしきもののふる
紫陽花いろのもののふる道
母よ　私は知っている
この道は遠く遠くはてしない道

（三好達治『測量船』「乳母車」部分）

「椅子を一脚」に倉橋健一が描こうとしたそこには、繰り返すようだが「夏ぶとんをひっかぶって」走れといい、生まれたばかりの弟を含めて忙しくも幸せな子育てに奮闘し、そして親子二人してたどり着いた晩年の姿、の母が次々と居て、遠く遠く果てしないと思っていたこの道が、何だか今はかけがえのないわが家のすぐ傍にある。遠くを見つめていた視線がぐんと足元の今を観察している。アルバムの中にある椅子が懐かしい肉親をことさら鮮明に呼びもどした。詩行のところどころに置かれた（　）が効果的で内容に幅と深みを増す。ここに現実がちらちらと横ぎる。越し方と今とが奏でるステレオ音楽になる。

さて椅子である。あればいいのだけれど、この部屋にまだやって来る気配はない。

「椅子を一脚」（「草束」37号）

「十把一束にされたくない私としては」――記憶するそこにいる、我もひとも

1946年以後、いわゆる戦後数年の間に生まれた我々にはとかく沢山が修飾語のようについてまわる。それは時代の特異性を象徴して団塊の世代と名付けられるほどに半端な数ではない。小学校の教室は椅子と机でびっしり埋まり異年齢の背の高い青年も普通にいたし、教室が足りなくてプレハブ校舎はどこも当たり前。沢山ゆえに就職難、結婚問題からそのこども達まで余波は及んだ。数のパワーや群れの相乗効果からその逆もまた、とかいいながら矢印を辿るうちこぞってエッシャーの版画のごとく高齢の容姿、気おくれもせず分厚い熟年層を形成している。つまりあらたな社会問題を引き起こしているが、しかし考え方によっては好機とみて体制が改善される等、量の力で良い効果をもたらしもする。

詩のタイトルの十把一束に連鎖反応して「されたくない」けれど「されてしまう」ことへの反骨絡まる心模様が浮かびあがる。

この流れでひとつの授業を懐かしんでいる。幼児教育科の必須科目だった。音楽リズム三橋都美子教授のそれはきつかった。ピアノ一台きりの教室で先生が弾かれる幾種かのリ

ズムに合う振りを考える。そのひとだけのもの、でなければ決して「よし」と言ってもらえない。ひとりずつそうして通過する。汗が床を濡らし涙も混じりする。ある時ピアノが止んで全員が窓際に立たされた。土手の芒を御覧なさい。河口近くの川幅に水面はゆったりとして、吉野川の土手はどこまでも芒が揺れている。同じに見えて違うでしょう。指の先，肩の右左、からだをどう動かして個を表現するか。以後芒は格別に意識する存在になった。

「十把一束にされたくない私としては」を読む。

一連構成の40行。物語風に仕立てられた蘊蓄ある詩行は河口めざして、渓流の幾本かを一気呵成に幹流に向かえとばかり筆がぐいぐいと引っぱっていく。

19世紀、仏領インドシナと呼ばれたヴェトナムの植民地時代
チャムという山間《やまあい》の小さな村で
押しつけられた生活手段が災いして
たくさんの死者が出たことがあった
役人たちが調査にいって
村長《むらおさ》たちをあつめてその数をたしかめようとするのだが

いっこうにはかどらない
じれてくるのを我慢して
それではどこの誰がいつ死んだか、ひとりずつ気長に聞いていくと
ことごとく記憶していて
最後、員数もぴたりと合ったという
このエピソードを紹介した柳田国男は
そこで、数字をつかって人びとをまとめてとれえられるようになったのは
集団生活の習熟がよほど積まれたのちになってからだろうとのべて
創世記の最初のページは
どの民族の場合も系図であり
そこで（単調さゆえの）混同をふせぐためには
随所に大事件の挿入が入用だったことに言及している
ノアの箱舟も主《かみ》の手で滅ぼされたソドムの逸話も
そうなると記憶や認識を助けるための小道具に過ぎなかったことにもなる
とおいとおい文字の恩恵に預かる前から
言語のなかにはヨムという動詞はあって

（ただ）数取りと暗誦を意味し
かくて、個は未開社会にあってこそ一の関数としてなつかしい思い出のなかに保存さ
　れた
それにしてもなんとまぁもの憂い数よ（もの憂い抽象よ）
こうなると私も
霊をかねた数の概念について
村長たちの記憶にこびりついた不思議な生と死の交換価値が
羨ましくなってきた
申し分のないほど村長たちの頭のなかでは
死者たちひとりひとりの
生と死の岐《わか》れ目のときが忘れ去られることなく
不気味なほどよい鮮度で保たれている
おかげで累々とはてしなく
腐爛したくともしなかった記憶のなかの老若男女
野暮なことは聞くまでもないことよといわんばかり
十把一束にされたくない私としても

この際はそっくり
村長たちの記憶に肖《あやか》って
睡りこけたい

読むうちにわたしは順序良く案内されていると気がつく。河口にたどり着くまでにはまず豊かな汽水域を目指すべく「たくさんの死者」「調査」「記憶」「員数」など、吟味された納得の資料カードが提出される。

村は植民地になり生活が変わった。耐えられなくて大勢が亡くなり悲痛な傷跡を残した。調査に来た役人は村長《むらおさ》の話をじっくりと聞いている。役人も賢いし村長《むらおさ》も偉い。ここで十把一束にしそうなものを、両者ともめんどうがらず辛抱強い。これは取りも直さず一人ひとりのつながり、大切な家族を亡くした悲しみは忘れることはなく消されず、双方が氏名あるひとの存在をないがしろにはしていないという意味につながる。余談になるが日本は優れた和算の国でもあった。神社に絵馬を奉納し、そこに問題や答えを記して競い合う算額が庶民の間では流行した。普段の生活に馴染みの物を例にしながらしかも遊び心がある。鶴亀算、盗人算などは聞き覚えがある。そして系図は大きな力をもっていた。今でいう履歴書の役をし、ひそかに売買もされていたという（辞書には「系図買い」とある）。系図の存在が大きな力を持っていた。興味深いのは異国である遠いヴェトナムの系図について語られる柳田国男のエピソードのところ。そこへ旧約聖書創世記からも「ノアの箱舟」や「主《かみ》の手で滅ぼされたソドムの逸話」も駆り出される。ここらあたりは有無を言えないほど納得させられるし、話を逸らさない関連事項の出現が高揚効果を生み説得力がある。創世記で前者は洪水に翻弄され、後者は火炎地獄に滅びる。どちらも夥しい数の惨劇であったろう。こうした事件や天災が伴う衝撃の場面とともにひとの歴史も印象深く忘れがたく語り継がれると。

「そうなると記憶や認識を助けるための小道具に過ぎなかったことにもなる」というのだから、ここも比喩の見事さに口をあんぐりおもわず老眼鏡をかけなおす。数だけでとらえれば観念を除外した数式が寡黙に羅列され、ひとの心の波紋には届かないだろう。植民地化されて以来亡くなった者たちはすべて村長《むらおさ》の記憶の襞にしまわれていた。村長へのふかい畏敬の他はない。こうして数と記憶の概念が鮮やかに浮き彫りになる。実際日常でもそのとおり思い当たる。馴れ親しんだ茶飯事とは異なるからこそ記憶の細胞が反応して襞の折り目にはさみ込まれる。

記憶といえば『一万年の旅路　ネイティブ・アメリカンの口承史』（ポーラ・アンダーウッド　翔泳社）をおもわずにはいられない。そこでは、われら、一族、水を渡る民、大地を渡る民、として話がすすむ。あるときわれらの民の数が望ましくないほど増えて、暮らしが楽ではなくなってきた。そこでわれらを幾つかに分けて暮らしぶりを色々試してみる。グループに増減があるのはどの地域か。ひとの数と土地の特質とを丹念に観察している。自然環境の動静にぴたりと合わせてわれらを語る。語ることが重要なところ。その「大きな価値である記憶」を持続させるべく数日を費やして互いに語りなおす。例えばベーリング海を渡ったときに八回冬を越した女の子が七十八回を経た後にも全てを語れるように。と、ひとの動きが自然のそこに貼り合わされ記憶されている。

詩篇の次の箇所もそんな場面になる。

「そこで（単調さゆえの）混同をふせぐためには
随所に大事件の挿入が入用だった——」

長くなるが、柳田国男の名があがったところで、倉橋健一第八詩集『異刻抄』（２００１年思潮社）を開いている。そこに「妹の匂い　おとう、これでわたしたちをころしてくれといったそうである（柳田国男「山の人生」）」がある。この詩も一連構成35行を一息に語り終える緊迫感があり、悲哀と無常が漂っている。私情の入る余地はなく行間には稲妻の閃光に委ねる幾つもの決断が描かれる。せっかくなので柳田国男「山の人生」に掲載されているその部分、「一　山に埋もれたる人生あること」の冒頭を読んでみる。

「今では記憶している者が、私の外には一人もあるまい。三十年あまり前、世間のひどく不景気であった年に、西美濃の山の中で炭を焼く五十ばかりの男が、子供を二人まで、鉞《まさかり》で斫《き》り殺したことがあった。……」家業の炭が売れない。食い扶持を減らすために殺してくれと、ふたりのこどもが首を並べた。男は捉えられ牢に入れられた。が、特赦を受けて出るとすぐに姿がわからなくなった。飢餓がおとしめる人間苦の悲劇が「どこかの長持の底で蝕ばみ朽ちつつあるであろう。」と話を結んでいる。こうした話も『山の人生』に記され、またそこから詩集『異刻抄』が編まれた。後世読み継がれるだろう。この詩集『異刻抄』は世の中に勃発する事象のいつしかとおいとおい忘却へと消えるやもしれないその断面を敢えて浮かび上がらせる。普通ではない独特の空間がそこには在るはずだという因縁の集散模様を客観視線でなぞり詩へと昇華させる。「あとがき」で倉橋健一は次のように述べている。

「少年時代、わたしはけっして出来のよい生徒ではなかったが、幾何の授業ではじめのころ教わった点と線の定義にだけは、宇宙や地球のシステムがこんなにもシンプルなところから説明されることにたいする、ある種の不安をこめた期待感を抱いた。……」そんなところから点と線が生む異刻に高い関心を持つようになった、と。

なるほど「十把一束にされたくない私としては」の「一の関数」が行間の薬味になって

すらり効力を発揮するなどは、然もありなん、とうなずくと同時に、次のように思いを巡らせる機会にもなった。事件や出来事をことばにすれば、そこでまたよじれた情が衝撃性を帯び、邂逅を強いられる場所にみえてはばかられるけれども、目をそらさず辿る過程で、考え違いであったり、なるほどと思わせられたりする。避けてばかりはいられない。向きあう意思を問われている。これはわたしにとっては新たな始まりへのきっかけかもしれない。詩では上っ面や美談だけではない現実の姿を辿ろうと試み、そこからみえないものが形を表す。時節を象徴する草花や祭り、生き物などが風景に組み合わさる。日本昔話の残酷性がかぶさって現れるのも道理が繫がるからだろうか。社会のひずみに沈みそうな、そうなってしまったとてもたくさんの困惑している様相が眼に浮かぶ。無関係を主張するところには荷が掛からないのかともみえがちだ。そしてたまたま居合わせたばかりに巻き込まれる惨事が新聞に報道される。奇怪な動機を辿っていくと、ふりをしていた緊張がとうとう弾いたり、偶然が不気味に膨らんで、不穏さが広がり，繫がりして、突如豹変したかのように姿をみせる。要因を遡ればあるかもしれない目には見えない小さな破片は、しかしどんな場合も空中を漂っているだろう。それは心情を持ち合わせた生き物の現象に他ならない。語り、聞く場が街の浦々に必要とされている。報じられ方もあるけれどメディアの記事からも角度を変え視野を広げられる。

はなしを詩に戻そう。

「十把一束にされたくない私として」縷々述べ、ここからが本題に入る。一行が次を追いかけて歩を緩めなかった肝心のところだ。

「生と死の岐《わか》れ目のときが忘れ去られることなく

不気味なほどよい鮮度で保たれている」

そうありたい、あるいはつゆ草の色のように跡形もなく消えたい、など、ひとそれぞれ思念するところではある。

倉橋健一の愛する孤独は明澄な個の自由をうたう。詩人として臨んでいるところだろう。

「岐れ目」「鮮度」このことばが印象深く力強く詩の全行を牽引する。気骨稜稜85歳である。

長谷川龍生は「戦後は残酷だった」（『現代詩の展望』思潮社）で、小野十三郎、浜田知章、倉橋健一と名を挙げている。この本に限らず現代詩の歴史を紐解けばその時代から毅然として弁を緩めない声を読むことができる。なかでも戦後の関西詩壇にしるした足跡は大きくくっきりとしている。

（2019年8月20日。各新聞紙面にて長谷川龍生氏逝去を知る。91歳。ご冥福をお祈り致します。）

それより以前も以後も安定したバランスから発信する鮮度は抜群だ。しぶきを受けてたじたじとなるわたしは刺激され納得し我が身を振り返っている。そのひとつ「いいことになろうとしない」は、はっしと受け止めた。
見えていないけれどひとも時代も動かしていく何かがある。そのところをことばで掬い続ける倉橋健一の作風は高齢云々に甘んじてはいない。むしろますます眼光鋭く自身を荒野に置いているようにみえる。それだから最終行には笑ってしまう。まったく、束の間の昼寝もできないほど、周りの若い者は一緒にいたい。ソドムの話も、員数や一の関数についても奥が深そうだから。

「十把一束にされたくない私としては」(「時刻表」5号)

「ハメルンの笛吹き男　異聞」――強欲傲慢跳ね返せ　真の底力で

おとぎ話のなかにはこどもの頃に聞きおぼえた幾つかがあって、「ハーメルンの笛吹き」もその一つだった。しかしわたしの記憶にあるのはごく簡単なもの。ある男が吹き鳴らす笛につられて町の鼠がどんどんついて行き、一匹残らず川にはまり溺れた。おかげで町の人に喜ばれた、というだけ。そのあと男が町のこどもらを連れ去ったり、なぜそうなったのかなどは、「ハメルンの笛吹き男　異聞」を読んだのがきっかけだった。先ずは詩の全行を読む。

暮れがたになってネズミがいなくなった
色とりどりの縦縞の衣装をまとった笛ふき男の笛の音は
血色に染まった空から雲雀を誘う音色に土地の人びとには聞こえたか
ネズミの聴覚にはさてどのように響いたか

今夜はぐっすり眠れると清々しい気分で
男も女も村長《むらおさ》を筆頭にむら中が思ったものだった
こうして仕合わせな一夜が明けつぎの夜も過ぎていった
人びとは収穫のあとの豊かな蔵の感触を夢想しはじめた

さらにいく日かが過ぎていった
そのあいだに曇天の日と晴れの日が入れ変わったりした
こうして寒露《かんろ》の日も無事に迎えて
翌日は安息日——だが帰ってみると子どもたちが一人も居ないのに気がついた

家《うち》だけじゃない隣の子も居なかった
村長さん家《ち》の息子も陰鬱な占い師の跡継ぎ娘も
まだ毛の生えきらない小型の大人たちはひとり残らず居なくなった
その日も美しい笛の音は影のなくなる時刻になるまでは
どの屋根屋根にも均等に郤しネズミの居なくなった日と同じ物象を実現した

霜始降《しもはじめてふる》の日の村の広場はがらんどう
みんな居なくなったのだから居なくなった人数も知れ渡った
うなだれたり途方にくれたり狂乱と喧騒で村はどよめき
そのあと笛の音がと絶えているのにいっせいに気がついた

ネズミの心を知っていた笛吹き男は
どうやら子どもたちの心根もつかみきったにちがいなかった
魔法の音色にネズミも子どもたちもすっぽり絡み取られてしまった村の暮れ方
犬、猫、アヒル、ニワトリ、豚たちの啼き声ばかりが騒々しい

乾いた笹のあいだに穴惑《あなまどい》をみたとある朝のことだった
布製のランドセルがぽつり氷雨に打たれるのを見知らぬ巡礼が見つけた
いくにちかたって片一方だけの布製の赤い靴が棗《なつめ》の木にぶらさがっていた
在りし日がもどってくるようだった人びとはそのたびに家に籠もった

ニワトリは騒ぐが卵は産まない犬は吠えるが盗っ人は居ない

笛吹き男はどうしたろう（ネズミ退治に礼金を支払わなかった報いではあるまいか）
とひそかに囁くものもいたが誰だといいだせるものはいなかった
子どもが居ない夜に慣れはじめた頃赤ちゃんの泣き声を聞いたネズミの初産だった

ドラマチックな話の詳細を知りたいと、手持ちのグリムの昔話やマザーグースの本を引っ張り出したが見当たらず図書館へ。そこで幾冊かの絵本や物語を読むうちに、中世のヨーロッパ封建制度の社会で起こったながい戦争や、疫病、凶作による飢餓などが混然と混ざりあっていることを知る。なかでも村のこどもがことごとく消えてしまった話には興味が深まった。そこには少年十字軍（１２１２年）も絡む事件があった。村には今でも石碑が残されているという。またこの話は、『グリムの昔話集』とは別に『グリムドイツ説話集』（神話　伝説　童話を素材にしている）にも収集されており、このたび意外な出会いとなった。そういえば連れ去られた少年たちが犬の首にメッセージの札をつけてＳＯＳ信号にした、という箇所も思い出した。

たまたま最初に手にした絵本が、『ハーメルンの笛ふき』（サラ＆ステファン・コリン文　エロール・ル・カイン絵　金関寿夫訳　ほるぷ出版）で、その最終頁に記されている「ほんとうはなにがおこったのか？」はよい資料となった。なぜならば幾冊かの絵本や童話集をみても、そこは割愛されていたり（そう明記したのもある）全く触れられていなかったりと。しかしここは物語の背景を裏付け、素朴に湧き出る単純な疑問（大量の鼠やこどもの失踪）を解決する近道になるので、部分を引用する。話のもとになったものを幾つかでも知っていれば詩が具体性をおびて輪郭をみせ、また内容も理解しやすい。

「自分の領地で働く労働者の不足を常にかこっていた近隣の大地主が、農奴にするため、おそらく誘拐させたのだろうと言うものもありました。ハーメルン地方出身のある司祭が、1280年代に、そのような農奴徴収の仕事を熱心にやった、という話が残っていて、この人物が、今までのところでは、この残酷な行為を行った、最も有力な「容疑者」だとされています。他の説では、子どもたちは、いわゆる「子ども十字軍」に参加させるべく、いやおうなしに連れていかれたのではないか、という説もあります。エルサレムをイスラム教徒から奪回することでした。そしてこの聖都を占領するためには、純心な子どもの助けが必要だという信仰が、当時はあったのです。ドイツだけからでも、およそ4万人の子どもが、エルサレムを目ざして国をでたけれど、帰ってきたのはほとんどなかったという事実が知られています。しかしまだ他にも説があって、子どもたちがいなくなったのは、おそらく彼らは黒死病（ペスト）にかかって死んだのだろう、とも言われています。」

他の幾冊かを読むうちに、よく知られた上田敏訳『海潮音』（詩人29人の作品57篇）のなかにある「春の朝」のロバート・ブラウニング（1812−1889）にたどり着く。彼はヴィクトリア朝時代を生き、生涯、イギリスと乗馬を愛した詩人と云われる。15連からなる長詩「ハーメルンの笛ふき男――子供の詩」は、知人のこどもに病後の読み物として書いた。小麦の生産地帯に大量に発生した鼠と、数百年伝えられたこの奇怪な話をうまく組み合わせたもので、広く翻訳され世界中で読まれ舞台にもなっている。図書館にはこの詩をもとにした絵本が数種あった。

詩行にもどる。

「笛の音」が気がかりでならない。ブラウニングの詩では、旨い食材を用意するときの道具の音、ハープや竪琴よりももっと甘美な音、世界が食べ放題の穀物小屋になったと連想させる、まるでよだれが出そうに描写されている。一連目にある「雲雀を誘う音色」とされるその笛の音は、はたしてこどもの耳にも「魔法の音色」そのものだった。

ひとの心を摑まえてしまうほどの笛の名手は、日本の歴史にもたびたび登場する。余談になるが、古くは須磨寺にのこる「熱盛の笛」がそうだし、牛若丸も鞍馬の山で笛をふいて弁慶を翻弄させた。『悪魔が来りて笛をふく』（横溝正史）もある。何より日本のどこでも祭り囃子には「どんどんひゃらら　どんひゃらら」とうたわれている。くちぶえのうまい人は周りにもいる。そんな話をしていると「草笛もあるよ」と教えられる。ひとの身近に在る楽器でその音色は心を鷲摑みにしてしまうものらしい。しかし冒頭で引用した文中で「容疑者」と目されている司祭や、その関係者たちは笛の音ではなくて、巧妙な甘い言葉を羅列したのだろう。ゆゆしきことではある。

さてその忌まわしい破廉恥なことが起こった。まずこう切り出される。

「暮れがたになってネズミがいなくなった」

一行目に事件がいきなり、有無を言わせず単刀直入に切り込んでくる。ドラマが衝撃の予兆を匂わせながらも素知らぬげに、しかし引き返せない片道切符で動き出した。このはじまり方に、なるほど、と思わせられる。

今の今まで大繁殖した鼠の被害は目に余るものだった。穀物といわず手当たりしだいに食料や家畜、はては赤ちゃんをかじるなどする。

「色とりどりの縦縞の衣装をまとった笛ふき男」の、登場のさせかたがいい。男の背中がおおきい。

市政の対策や不備を市民から訴えられていたところで藁をもすがるタイミングだった。ところが、退治してくれれば謝礼を出すと約束をしていながら解決したとみるや、市長はじめ議会の面々が一緒になって反故にした。約束は守られなかった。(鼠は約束とおり退治された）事態を脱したとたんに手のひらを返したので、「色とりどりの縦縞の衣装をまとった笛吹き男」は立腹した。当然といえる。その腹いせに町のこどもをひとり残らず笛で誘き出してしまった。

「その日も美しい笛の音は影のなくなる時刻になるまでは／どの屋根屋根にも均等に卻しネズミの居なくなった日と同じ物象を実現した」

漆黒の闇夜、誰の彼の別なく万遍になめつくすようにして笛の音が「屋根屋根」にゆきわたり、鼠の消えたと同じにこどもを町から消してしまった。なんと恐ろしい、かなしい辛いことか。約束の相手が誰であれここは意識の有り様であり表しかたとなる。市長と流れ者。頼む者と引き受ける者。ひとりひとり思想や態度が問われる。わたしがこどもの頃、親や教師から真剣に説教をされた記憶がよみがえってくる。断る、謝る、は、小さな胸に大きな勇気がいる。

終連にはたと現実を映し出す。風景は現代我々の暮らす日常の市内となる。詩行のここまでは、まるでとおい昔のおとぎ話の風に上辺をながめていた視線が、ここで襟元摑まれて事件現場を凝視させられる。閑散とした空気に不気味な不安が白々と空気を凍らせる。

「乾いた笹のあいだに穴惑《あなまどい》をみたとある朝のことだった」

秋の彼岸を過ぎた頃になっても穴に入らないでいる蛇が笹藪でゆき泥んでいるのを見たその朝、ランドセルが氷雨に濡れている。赤い靴が片方棗の木にひっかかっている。棗は親しく庭にあって、小さな実を食み（リンゴの味がする）、葉や枝は染料や茶器を彫るなどして馴染みのある木で、その枝にとなればことさら残忍さを帯び、絶句する。哀れを誘う。むごい場面に一変した。悔恨の苦しみがまた襲ってくる。権とか勢、富、武に力がくっつけばひとを「三猿」にしてしまうのだろうか。見ない、言わない、聞かないという世渡り。その尺度で都合良く選り分ける貧しさは、世間を侮るなかれ、の諺としてどんなところにも応用できる。笛吹き男のしっぺ返し。傲慢な輩にひるまず「色とりどりの縦縞の衣装」を着て堂々と生きている。ここが読み返すたびに鮮明になり数百年いくたび書き手が交代しようとも語り継がれ、確固とした強い信念をもった自分を見失わない人物の象徴に置いていると思われる。衣装を手放さないこの頑固さも魅力になる。

ところで倉橋健一の詩はときとして物語仕立てになる。特徴あるスタイルともいえる。昔話などでよく知っている話や、世話物といわれる浮世話、あるいは歴史にのこる人物や事件を織り交ぜながら、現世をマッチングさせ、昨日や今日、そこに起こった事のありさまを塗り込めぐいぐい読者を引き込む。生きた人間の姿が原寸で張り付けられている。

１９８５年刊行された詩集『暗いエリナ』の「あとがき」を読む。51歳。４冊目の詩集になる。

「詩が時代の風俗にすっかりからめとられている現在、私はそこを空白にして、自己史のように、瑞々しい青春から壮年にいたる時代に、おのが眼差しを注いでみようと思いたった。だいそれた構想があったわけではない。自分へのこだわりといった程度だろう。……」続けて「私なりの時代とわが内面の風景はうまくかさなるだろうか」と。その後の詩集や評論集、評伝の著作を紐解けば、以来今日まで丁寧に辿った足跡が伺える。物事を通り一遍に省略、総括することなく、自身をもいたわりながら歩を進めている。目の前でいかにも目新しそうに起こる事々は実は歴史のそこここにあり、対処の仕方、方法もぐるり見まわしてみるのがいいと。「ハメルンの笛吹き男　異聞」を読むうちに、旅のこれからも変わりはないだろうと思った。

これまでに編まれた詩集には聞き知った事件や日本の馴染みの風習が背景に登場するし、季語、小動物、季節の花、和語、古語がするっと粋に配置される。話のネタがわたくしごとに明け暮れしない。解釈の深さ、視野の広さはいつも学びになる。現代社会の歪みや暗部が詩へとデザインされ提起される。読者の心に接近する仕掛け方が、大げさに誇大しないまま話を淡々とすすめ、それでいて思考を拓いてひっかかりをもたせる。語り部の声であり詩人の意思がそこにある。情に委ねたり事象に偏愛のいびつさがない。「ハメルンの笛吹き男　異聞」もそう。「異聞」としながら組み立てられた風刺の練り込み方が独特の味を生む。荒い筆にみえて細部の枝葉は粗末にしていない。最終連の笑えないおかしさがさらに苦行を強いる暗示の最終行になっている。

子どもが居ない夜に慣れはじめた頃赤ちゃんの泣き声を聞いたネズミの初産だった

何ともかとも町の安泰へ道のりは遠い。利便性にまとわりつく社会のやわらか気な手触りの不安。21世紀現代の社会もこどもが絡んだ事件は無くなってはいない。置き去りや虐待に遭うし、ときおり大勢の女学生を略奪する兵士や、あどけない少年が銃を持っている写真が報道される。本当にやるせなくなる。

『少年十字軍』(マルセル・シュウォッブ著　多田智満子訳　王国社)によれば、1212年に北フランスとドイツのケルンに同時期にこどもの集団が発生し、数を増しながらマルセイユから7艘の船に乗り聖地を目ざしたものの、難破した2艘の他は悪徳業者の手によって回教圏のアレクサンドリアへ連れ去られた。中には人道的に扱われた者もいたが、奴隷に売られた者、受け入れてもらえずアルプスを行ったり来たりする者もいた。船で連れ去ったことが露見した回船業者どもは絞首刑に処せられたという。ハーメルンの市長といい回船業者といいけしからん。出くわす局面を冷静に見極められるよう目を洗い耳を漱ぎしてこつこつと土を耕すしかない。

「ハメルンの笛吹き男　異聞」（「イリプスⅡ」23号）

「花霊」「そのあとへ夏がやってきて」――そぼふる雨の三国港、そして足羽山《あすわやま》へ

もうずいぶん前になるが、文章教室「ペラゴス神戸」で講師をされる倉橋健一さんに案内され、教室の仲間たちと小さな旅をした。まるで小学生の校外学習のように、教室で話題になった場所に行ってみたくなる。そうなると手帳とにらめっこして労をいとわず足を運んでくださる。時代の一端をになった人物を歴史や文学、訪れた土地に繋げ、現代の話題も織り込んで解説される。その話ぶりも忌憚なくユーモアがあり楽しく引きこまれる。いつもながらもその知識の豊富さには感嘆し、また朝からの道順がスムーズに運ぶ段取り、同行するひとりひとりへの目配りなど、丁寧な配慮受けるのをわたしたちは感謝しつつ喜びでもある。

福井県にある「一乗谷朝倉氏遺跡」もそうして出かけた場所だった。大阪から列車を利用しての日帰りだった。広い屋敷跡をてくてく歩きながらでも、ことという箇所では足を止めてわかりやすく今昔を語られる。わたしは下調べもせずに呑気について歩くだけで（いまだにそうだが）、思い出しても赤顔うつむいてしまう。初夏の遺跡を辿る道すがら山の辺

には紫の桐の花、あしもとには卯の花が咲きこぼれていた。

それから十数年を経てのち、ふたたび福井の地に同行できるとは思ってもいなかった。

２０１９年10月26日から27日にかけての小旅行となった。

「三国の町は僕が案内するから」と、『ふくい県詩祭in三国』の日程表を見ながらおっしゃる。そこは多分車だろうと一人合点の（後で悔やまれる）。つまり手荷物は少なくして、の意味だった。

出発の大阪駅からにぎやかにサンダーバード車中となる。初秋の琵琶湖風景を眺め、持参のお弁当を楽しみにしながらお喋りも弾み、屈託のない満席の乗客にまぎれてわたしたちもすっかり観光客気分になる。とはいえ東日本を襲った豪雨のあと、日もやらず襲来した超大型台風19号（10月11日から12日）の広域な被害状況の深刻さは連日報道されている。車窓から見る限りではその痕跡は見られなかったが、ときおりふと胸をよぎるのは誰しもであった。

福井駅でえちぜん鉄道に乗り換える。車内にはアテンダントがいて、乗客に目こぼしのないよう柔軟と機敏が一体となった職務姿勢や、車窓にひろがる蕎麦の畑に見とれながら三国駅に到着、すぐさま会場となるコミュニティーセンターへ向かう。当地にて『現代詩における地方主義』と題して講演される倉橋さんも同行した詩人の面々も、いつの間にか地元のだれかれに囲まれている。広い会場で見知ったひとが傍にいないと心細い。幸い大阪から同行した幾人もが人込みのあちらこちらに確認できて安心すると、急に空腹になり、残しておいたおにぎりをロビーの隅でお腹に収めた。何しろここから夜半までの長い本番になる。

日ごろから折につけ福井の町が故郷だと倉橋さんは話される。空襲にも遭った、そのあと三年たってこの町は大地震にもあったのだよと。そうした原風景はふとした弾みにこぼれ話のあどけなさで顔をだす。編まれたこれまでの詩集にはどこかにさりげなく幼いころの回想場面が挟まれている。それは時を得て一冊の詩集として意匠のかたちが組み上がったなかの、空調装置のように置かれている。ことばになったその姿、あるいはその思いが、詩篇のあいだに目立たないようにある。それでほっとし、忘れていた自分の呼吸を意識し安堵感が漂う。その空間がわたしは好きだ。遠くに佇んでいる懐かしさはいつでも膝に引き寄せられる、そんな光景が浮かんでくる詩を二篇読む。

花霊

村はずれのとある茅舎《あばらや》を借りて母親と凄まじい詫び住まいをした

戦争末期、いっぽんの大きなはりえんじゅが池の堤のうえに生えていて、初夏になると葉のつけ根に鉛筆ほどの長さの穂を無数に垂らして、白や黄の蝶そっくりのかたちの花をいっぱいつけて、ぼくらを喜ばせた。

とある夕暮れだった。そばを通りかかると、ふと、根っこのあたりから誘いかけてくる音色《ねいろ》の混ざったざわめきに気づいた。この日学校ではファーブルの『昆虫記』の紹介があって、虫好きのぼくはことのほか浮きうきした気分だった。なかでもたくさんの毛虫がいっせいに等間隔に一列になって移動する行列虫の話には興奮した。そのせいもあろう。聴こえてくるざわめきはしだいに振り積もった花たちの声になって、そのまま蝶に化身した花たちのいまわを惜しむ宴の音であることが信じられてくる。となると、あとはもう行列虫になった蝶たちの長い葬列を見るだけだった。

こうしてどっぷりと日は暮《く》れ、そのまま夕暮れどきの記憶になってそのなかに住みついた。

学んだ新しい知識をどんどん身体のうちに吸収して成長する少年の初々しさ。実際の体験は知識の証明になる。その過程が美しい情景として語られている。学校で教わったとおり、実物の目撃は確信をもって入力されからだに刷り込まれる。現在81歳の好々爺は一本のハリエンジュの樹とともに、それがまるで昨日であったように、あの場面を思い起こしている。樹と蝶の奏でる生命の響き合いを。

ハリエンジュとはどんな樹だろうかと図鑑をひらけば、あああの樹。須磨界隈ではニセアカシアと呼ばれている。エンジュ独特の枝垂れ柳に似た細い枝がおおらかに樹下の空間をなでる。初夏の頃には薄い緑の葉が風に揺れて、樹そのものがふんわりとしている。戯れに手を伸ばして枝を摑むとチクッと刺されて痛い。枝のつけ根には棘がある。葉の形はちょうど萩の葉を大きくしたようなので、棘を隠し持っているなど想像もできない。さやさやとした葉擦れが涼風を生み出し都会の汚れた空気を濾過するような柔らかさと清涼感がある。花の季節になると枝先に白い蝶が群がったように房をつけ芳香はひとの足を立ち止まらせる。うすく柔らかい緑の葉と白い花びらの対比。葉々に紛れる花房の重さと形が絵になっている。そんなハリエンジュの樹に夢中になった少年は「花霊」に捕まり、「花霊」を連れて生涯を行列虫の映画の主人公にする。

「村はずれのとある茅舎を借りて母親と凄まじい詫び住まいをした戦争末期」

詩の一行目から描かれる風景は、「凄まじ」く強い印象で少年を浮き彫りにする。昭和のはじめ彼は学校の行きかえりにこの池の土手を通った。まわりは田や畑がひろがり、池の土手でハリエンジュは遠くからでも緑濃く見えただろう。池は田園風景の変哲のなさに冒険やスリルを混ぜ込む好材料となる。そこに自生し日を暮らす樹木が、登下校する少年を待ち構えている。落葉、芽吹き、花芽、開花、つぎつぎ季節の衣装に着替えて話しかけてくる。目を惹く気がかりなその姿、おかげで「詫び住まい」を脳裏から消し去り、束の間ファーブルになり、教室で習ったばかりの『昆虫記』を実演する。ロマンを発見し飛躍させる素養はもう少年のなかに蓄えられ育まれている。花が生涯を閉じるさまを「いまわを惜しむ宴」と言い表している感覚がうつくしく映像を創る。教室で学んだ新しい知識も初々しく確信され、忘れがたい記憶の風景となる。風景は少年の行く末のとおいとおい方角をみつめている温かい視線。最終行がいまを辿っている。

「こうしてどっぷりと日は昏《く》れ、そのまま夕暮れどきの記憶になってそのなかに住みついた。」

少年がみた花の光景は、例えば竹が古い衣を脱ぎ捨て伸びあがるのではなくて、ふりかえれば色や部分を鮮明なまま大写しにしてよみがえり、かわらず存在し続けている。おなじ時代とおぼしい次の詩もそうしてたぐり寄せる風景といえよう。兄弟ふたりが夏のある日、虫取りに行く。淡々とその足取りをなぞるような詩行にはなにひとつ高唱な単語は置かれていない。故郷そのものにくるまれ、先の白い花が詩人の生涯に親しみをもって香りつづけるように一行一行にかけがえのない肉親愛がみえる。幼い弟がいて兄であった遠い日。

そのあとへ夏がやってきて

その頃
玄関わきには（どの家にも）
防火用の水槽が置いてあって
夏場になると孑孑《ぼうふら》が湧いて困るので
お魚を飼ってもいいよといわれて
幼いぼくはおとうとの手を引いて
睡蓮が咲き乱れる森の池に
勇んで小鮒釣りに出かけたことがあった
おとうとは小さいバケツと虫かご

虫取り網も持っていて
淵にいるメダカや小エビは掬うつもりだった
梅雨のはじめ、空一面厚い雲が覆っていたが
雨の心配はなさそうだった
それにしても昼下がりなのに昏《くら》い靄につつまれて
たくさんの蚋《ぶよ》につきまとわれたのには往生した
渦巻くように露出した肌のまわりに群がるのだ
半袖に半ズボンの誤算
あっというまにとんでもない不快な気分に攫われて
釣りどころではなくなって
この場を逃げ出すしかなかった
湿った空気のせいだと
半泣きのおとうとの顔をもてあましながら
ぼく自身も途方にくれながら思った
そんなことに頓着しないで
紅白に睡蓮は咲き乱れ

ひげ根のあいだを縫う魚影も怪しいほどに元気だった
人ッ気はなかった（が、慣れた友達といっしょに来なかったことを悔やんだ）
しーんと静まり返った水面にヒヨドリのかん高い鳴き声が谺した
自然の無邪気ないたずらに振りまわされたぼくらは
あとはむっつりだまりこくったままで
とぼとぼと引きあげた
まもなくまちなかに帰ってくると
おとうとはもう上機嫌だった
いつどうして手に入れたのか
虫かごには一匹のタマムシが入っていて
ぶーんぶーんとかごを旋回させた
そのあとへ夏がやってきた
つぎのつぎの夏には
わが家《や》も水槽もまちなかの何もかもが
廃墟になっていた

ここでも植物と昆虫が登場する。植物は睡蓮。昆虫や魚類は、孑孑、小鮒、メダカ、小エビ、蚋、ヒヨドリ、タマムシ。少年をとりまく生活空間はいまよりはるかに野生色あふれている。因みに詩集『唐辛子になった赤ん坊』では、植物が24種類。動物などの生き物が54種類登場する。暮らしている足もとが自然豊かな場所だと想像できる。都会に暮らしてはいても、幼いころに育んだ自然の生命の声や気配が常に記憶の感覚を振動させているのだろう。幼少時に経験した植物や虫たちの声はいつでも生き生きと蘇り、思い返しさえすれば身を置いて安んじられる。

昆虫はすべての生き物のエネルギー循環のもとになっていると近頃耳にする。アリや奈良公園のフンコロガシの役割りをテレビで観た。その昆虫たちが毎年2・5％ずついなくなっていると聞く。そして100年後には1パーセントしか生き残らないという。蝶やトンボや蟬が減少している現実は我々人間のせいだとすれば、ではどうすればいいのか。放置しているのが後ろめたくなる。日本の人口減少や全国にある夥しい数の空き家問題とか、もなんだか横柄な態度に思えてくる。

話を講演にもどそう。演目『現代詩における地方主義』を軸にして話を自在に料理していく。現在の課題も歴史にのっけて解明する。現代詩の流れや実情、位置をどう据えるのか、と、地方主義を解読したわかりやすくも刺激や問いかけをエッセンスとして効かしたもの。全国から集まった120人の詩人たちはただ聴いているだけではなくて、現代詩にかかわる一人として、しかも地方という自分が選んだ場所で詩を書く者の心意気とは何ぞや、と揺さぶられた。怠けるなかれ、甘んじるなかれ、と、いつもの鮮度でしぶきを浴び、こうはしていられない、と兜の緒を締めたのではなかろうか。わたしはそうだった。いつも倉橋さんに向き合えば姿勢を問われている。

あくる朝は雨になった。ではここからタクシーに、ではない。迷わず、ホテルから歩く。三国観光ホテルは緑が丘のてっぺんにあった。三国まで荷物を持って長い坂道を下る。まず「高見順生家」を目指す。（だから言ったじゃないか）そこから三国港の傍にあるサンセットビーチに出る。日本海の波はざんぶりこ、ざんぶらこと大きくうねっている。雨を厭わず波乗り遊びをしている沢山のひとたちに驚く。ああ荷物が重い。九頭竜川河口の漁船が雨に濡れて寒そう。ときおり歩みが遅れる数人を（荷物のせいで）傘の中で待ちながら、倉橋さんは少年の横顔になって笑っている。ようやくえちぜん鉄道で福井駅に戻り、ロッカーに荷物を預けた後の身軽さはほんとに体が伸びて動きやすくなった。

予定していた足羽山の散策は思いがけず旅情を豊かにしてくれた。そのひとつは「橘曙覧記念館」で、「たのしみは」ではじまる短歌『独楽吟』52首を作った幕末の国学者。「たのしみは妻子むつまじくうちつどひ頭ならべて物をくふ時」という歌はラジオの朝の番組で紹介されていたのを思い出した。学問に明け暮れる日常は質素でも常に人生の愉しみを探っていた。家族を愛し、学問を愛する姿勢が一貫して伺える。そこからすぐ、地元産の蕎麦と田楽を提供する茶店で、朝から雨の中を歩いたからだをほっと休める。滋養たっぷりの美味しさに元気が出て雨あがりの足羽山を散策する。センブリの花をみつけ思わずカメラに収めた。この植物はとても懐かしい。こどもの時分はこれがお腹の薬で、家の中に束ねて吊るしたり紙の袋にどっさりと入れてあった。そんな話をして歩いていると石碑が目に留まった。日本で医学を学んでいた魯迅と藤野厳九郎の師弟のいきさつが刻まれている。魯迅はのちに文学者になったけれど藤野先生には影響を受けた。

「藤野嚴九郎は福井の出身だからここに碑が建てられたのだよ」

倉橋さんの解説が入る。話ながらそぞろ歩くうち青空もみえてきた。足羽山は樹木が繁り、枝のあいだから市内が展望され眼下には足羽川と田園、家並みが美しいパノラマになって見える。風景はどこか懐かしく山や田が穏やかでおちついている。歩く道々倉橋さんは展望が開けるたびに立ち止まり、短く畳んだ傘を矢印の先のように伸ばして話を続けられた。視線の先から幕末の出来事や関連した名前とつぎつぎと話がこぼれ出てくる。司馬遼太郎、山本周五郎、橋本左内。東京の『江戸東京博物館』にはぜひにとすすめる。

「福井の町はな、足羽山のてっぺんからぐるりと見まわせるだけの小さな町なんだよ」

帰路のサンダーバードが福井駅を発って少しすると「あの山はな」とふと座席から立ちあがって指さした。
「文殊山、日野山という山でな。ぼくが虚弱だった幼少の頃、からだを鍛えるため先生に連れられて泣きながら登ったんだよ」

車窓からなだらかな姿の山が並んでみえる。登山にはうってつけの、ここも名のある歴史の人物や言い伝えが古い登山道とともにあり、健一少年を伴って歩きながら「先生」はあれこれと、それとなくまた懇々と語って聞かせたのだろう。少年はしんどくて泣きながら山道をついて歩いた。涙のしょっぱさを噛みしめ血となり肉となったことだろう。

ところで忘れがたい光景がいま一つある。帰路福井駅で列車の発車までの時間は一服しようといいながらコインロッカーを開けていると、地元の詩人が数人、駅に到着する倉橋さんを待ち構えていた。そして彼らはそのまま喫茶店に入り座り込んでしまった。お土産を買うどころではない。時間を惜しんでいる。このありさまには心を動かされ目に焼き付いている。

「花霊」（詩集『唐辛子になった赤ん坊』より　初出「草束」29号）
「そのあとへ夏がやってきて」（詩集『失せる故郷』より　初出「草束」32号）

「なにヤとやーれ　なにヤとなされのう」──仙台の雲間に呼応する声が

普段はコンクリートの下になっているが、道路工事で剝がれ地下へと穴を掘った脇を通ると、そこに地層らしきものが垣間見えていたりする。断面が縞模様をしている色の違いで年代を区分できるとこどもの頃教わった。ときおりその地層から物や痕跡が原形に近い状態で発見され、あれこれと情報を載せる報道に驚きながら好奇心がくすぐられる。近年では２０１５年に南あわじ市の海岸近くで、資材用にと採取された砂から銅鐸が出土し「松帆銅鐸」と名づけられた。銅鐸は入れ子状態の物や「舌」もあり全部で七個、紀元前二世紀ごろのものだそうだ。地面の下にはいったい何が隠れているのか。未知数の不思議さが興味を誘う。

仙台の富沢遺跡保存館には、年代をさらに遡った『地の底ミュージアム』がある。旧石器人時代のもので「氷河期の森」として復元している。１９８７年に小学校を建設するための事前調査の際に発見された。そこには、後戻りは大概が勇気と決断を要する人類をふと立ち止まらせる鉤のように過去の年代黙示録のような五メートルもの地層があり、その下層部から二万年前の旧石器時代に生きた人達の活動跡と森林跡が発見された。つまり地層が高さ五メートルになるまで二万年を要した。わたしは仙台の七夕祭りを見に友人と行き、この建物にも案内された。空調管理された館内で炭のように真っ黒になって横たわっている樹々を見てもにわかには信じがたく、解説文や想像図を読み返し、焚火の跡までもが二万年の長きに地中に保存されていたという驚きと不思議さが強まった。そこに張り付いている事実を認識せざるを得ないのは、自然界に起こる異変の巨大さ恐ろしさであった。こうした遺跡はイタリア南部ポンペイの例をみるまでもなく地球上に点在し、専門家はそこから過去の災害をも読み解いていく。技術や科学の発達は驚異だと友人とそんな会話になった。

阪神淡路大震災から二十五年になった。東日本大震災と福島第一原子力発電所の事故から九年になる。ひとたちは数々の災害に翻弄されながら産業や文化の発展に歩みをすすめてきた。寸断された交通網が沢山の労力と知恵で復活した。人びとは堰を切ったように美術館や音楽会にわざわざ出かけていった。文化的なものが発する新鮮さと普遍性に触れて安心へと自分を結びたかった（わたしはそうだった）。見通しの定まらない不安な日常のバランスをとろうとし、そして徐々に冷静になれる。それからも度々の震災、人災。時間が経てばどことなくドラマめきシナリオ化された現象に押し込まれ流されている現実がみえてくる。人知の及びようもない年月の強さも学んだ。

思い返している。東日本大震災より八か月後、2011年11月26日。神戸女子大学教育センターで現代詩セミナーが開催された。佐々木幹郎さんの基調講演「未来からの記憶」のあと藤井貞和さん、たかとう匡子さん、細見和之さん、岩成達也さん、高塚謙太郎さん、高階杞一さん。司会は倉橋健一さんである。大震災からの復興、復活から言語活動の状況を語り合いことばを見つめるというもの。話題のひとつには和合亮一さんの詩集『詩の礫』(徳間書店)『詩の黙礼』(新潮社)もある。災害直後からのまっただなかでツイッターに投稿する行動が怪訝な視線でみられ、それも会話された。わたしも耳にしていたので詩人たちの発言には関心があった。そしてお話を聞きながらひとつの歌が思いだされてしかたなかった。

のど赤き玄鳥《つばくらめ》ふたつ屋梁《はり》に居て足乳根《たらちね》の母は死にたまふなり

斎藤茂吉が『赤光』(岩波文庫)のなかで母の死に接してうたう「死にたまふ母」59首。数の多さに目を見張ったとき、わたしは十代で肉親の死は未経験だった。ここに唐突に出てくるつばくらめの不思議な哀しさを秘めた存在。それに一時になぜそれほど詠めるのか、随所にある赤の色が強烈なのと同じようにその頃は疑問でならなかった。後年父を亡くし母を見送りしたときに、この歌が脳裏をよぎった。斎藤茂吉の体感といえる。それまであった日常の当然が失われた刹那には、とめどなくあふれ出る激情の振動、が無意識に矢印をたばねて何かをつき動かす。五体四肢をとおして発する生き物の声だと思う。

当日会場でテキストとして配られた中に倉橋健一さんの詩があった。衝撃を冷静に見つめる、翻弄され動じてはならない態度をふりかえる、そんなひとのあり方をみつめ直しハッと我に返る感が大きかった。

全行を読む。

この列島に住まいするものとして

遥かなる古《いにしえ》この火山列島に住まいしたわたしたちの祖先は地震や津波くり返す大洪水のしぜんのこのいとなみにどのように向き合ってきたのだったろうか。昭和二十年三月九日人工による東京無差別じゅうたん爆撃による一夜の死者七万二千。東日本大震災による死者行方不明者二万六千。止まるところのない被害とかなしみのなかでわたしは物の怪に憑かれるかのように天地のもたらした災厄の深淵を思っている。ゆえにこそそこに付随した原子力発電による放射性物質の汚染こそはわたしたちのわたしたちのためのわたしたち自身への刑罰なのではあるまいか。惨劇の渦中にある被災地の人びとへの思いを馳せつつわたしたちはこの列島に生きとし生けるものとして覚悟をあらためねばならぬ。そこに属するものの苦楽の和ひとつとして。

日付をみると東日本大震災の後すぐの作になる。ひろく社会の人びとともに我が暮らしをもみつめるメッセージになっている。災害での失命もさることながら、人工的な手段に巻き込まれ亡くなっていく無念を訴えている。殺し合いの果てに命を落とすひとたちを聞けば、どんな場合でも驚きと不信が尾をひく。どこかで何かを忘れてしまっている。自然への畏怖と敬愛をにじませた詩をまっすぐ突きつけられた。

「覚悟をあらためねばならぬ。そこに属するものの苦楽の和ひとつとして」

どきっとさせられる箇所。喜び合いいたわりあって暮らす人間の生きとし生ける本来の生の姿だと思う。

神戸で毎年恒例のこのセミナーが場所を変えて２０１９年11月24日、仙台で開催された。全国はもとより関西からも倉橋健一さんをはじめ多くの詩人が集う会で、端っこにいられるのがうれしくもあり時間の過ぎるのが惜しい二日間だった。

講演は「災後――ことばの現在」と題して、藤井貞和さんと倉橋健一さんの対話の形で進行した。地元福島県に大きな打撃となった東日本大震災を語る多くの書物をとりあげるなか、和合亮一さんの『詩の礫』も話題になる。天災と人災と、人はその宿命を背負って歴史を歩み続ける。災、につきものの心模様もどなたさまとて避けられない。藤井貞和さんは『非戦へ　物語平和論』（水平線）で、虐殺、陵辱、掠奪、の三要素が根底に潜んでいるのだと論じておられる。平たく言えば、まことしやかな理不尽への恥じらい、むごたらしく命を奪ったり、他人をあなどりはずかしめ、無理やり命や財産を奪い取るなどを考えない。行わない。そそのかさない。これらはやさしいようで欲深い人間には難しいのかもしれない。やられる、やりかえす、そうしないと甘く見られる。常識も意外とひととひとで差異があり国の文化も影響する。しかし社会、ひと、の道徳意識には共通部分があると思うけれど。『非戦へ　物語平和論』で縷々語られるのは太古から織り続けたひとりびとりに在る心情、生まれる苦悶、ひとたちの欲望連鎖する姿といえる。とはいえ地上に生きた個のそれぞれが赤裸々にした姿も、死して土になれば、誰かれもなく地層に堆積しそこにじっとして過去を背負いつづける。セミナーは、先人が刻印した過去の災をライン上に見据え途次怠らず学ぼうとするものだった。そこに倒れた無念な生命も地球に属する者たち共に前に前にと歩き続けている。

　次に挙げる詩はまた別の意味で悩ましく、しかも心の襞の谷折りした角辺をなぞって逡巡する。大津波が起これば「でんでんこ」だよ、といざという際の避難をめぐり模範的な老若男女の会話は普段だけれど、実際には自信がない。国の地震調査会の公表では今後30年の内に発生が予測されるという南海トラフ巨大地震を想定して、わたしも家人には同じようにこう言いながらも、どちら側の立場になってもそのままにして立ち去れないのが、直面した際の心情ではなかろうか。

なにヤとやーれ　なにヤとなされのう

アアまろうどさまが荒れてござっしゃる
あの雲の騒ぎようじゃ
今度ばかしは逃れられめえよ
さあて足腰の強い者《もん》は早よう
裏手の山さめがけててんでに駆け登るがいい
舟さ持ってるものは漕いで漕いで沖さ逃げろ
舟さ持たぬ若い衆《し》は泳いで逃げろ
波さ高く波の底から天辺へ押しあげられても
おめぇら海の若い衆じゃて

ひるむことなぞあるめえよ
村中が難破したと思え
今度ばかしはてんで逃げろ
山さ近い者は山へ
海さ近い者は海へ
念ずるもよししねえもよし
ただおのれ大事に振り向くな横さも向くな
昔のことじゃった
湯に入ってた母親が
風呂桶のまんま海に攫われ
おかげでいのちまっとうしたことじゃってあった
そんなまろうどさまじゃが
おめぇらみんなを殺したいために
騒いでなさるんじゃねえ
まろうどさまにも業《ごう》はおあんなさる
だけんどにんげんさま同士の争いごとほどむごくはねぇ

そういえばわしもいちどは
天井裏の柱と蚕棚にはさまったおかげで助かった身じゃ
五歳のときじゃったかのう六歳のときじゃったかのう
まあよいわいわしはもう生きたまんま影じゃ
積もり積もった煤《すす》らとともに
一生暮らしたこの家《や》に残る
波が引いて姿見えなんだら
雪駄《せった》でもはいたまんまの気軽な気分で
まろうどさまといっしょに
常世《とこ》に去《い》んだと思うてけれ
早よう行け　早よう逃げろ
早よう早よう
なにヤとやーれ
なにヤとなされのう

「アアまろうどさまが荒れてござっしゃる」とはじまる一行目には、しずかだけれど沈痛な有無を言わせない押しの強さがある。一刻を争う退っ引きならない重大事が迫っているのだと。ここはひとまず逆らわないで逃げろ、欲を出してはならないと。津波に限らず日常では瞼を瞬きする間に豹変する場面があり、なかなか難儀なでんでんこなのだよ。ちなみに「まろうどさま」は賓客、めったには訪ね来ることもない稀な客人とでもいうのだろうか。接遇に翻弄されるけれど、こんな時のノウハウがあればうろたえずに活用できる。伝来の虎の巻があれば貴重だし、ありがたい。

貴重といえばこの話、柳田国男『雪国の春』が手繰り寄せられる。柳田国男は日本各地旅をしてそこに住むひとの暮らしや習慣、言い伝えを聞きノートに書き取って歩いた。一箇所一度きりではなく、聞き漏らしたり確かめたいと思えば機会を活かして後年また訪れたりしている。そういえば、ここでは詩のなかの挿話は吉村昭の『三陸海岸大津波』からも採られている。この本も足でかせいだ貴重な明治、昭和の津波のドキュメンタリーとなっている。頁を開ければまた道草しそう。

こんなふうに吾知れず引き込まれるのは倉橋健一さんの詩や文章を読んでいてもある。例えば作家やその作品を紹介されるとすっかり魅了され、すぐにでも本を手にしたくなる。ここでも「なにヤとやーれ　なにヤとなされのう」の箇所が、船頭さんが和船を漕ぐようなかけ言葉ふうに置かれ、詩にリズムをつける役になり、そのリズムに導かれるようにお爺さんが語る生々しい地震の話。きっと倉橋健一さんは、災害の幾つもの出来事を思うとき、『雪国の春』や『三陸海岸大津波』がバックミュージックや記録画像になって場面が立ち上がり脳裏をよぎっているのだろう。「なにヤとやーれ　なにヤとなされのう」はあたかも語り部が口を開くときの「むかーし　あったとなあ」という類の時空を往来する合図の声かけを彷彿させる。

　しかし「生きたまんま影」とは投げやりではありませんか。決してそんな日常ではない筈。いや、ふと立ち止まり何かに凭れた隙間にあどけなく寂しさがよぎり、誰かにかまってもらいたいのかもしれない。まろうどさまは弱気を相手にしてはくれないよ。拗ねていないでさっさとすたこら駆け足だよ。第一若い者は年寄りを置いては行けないのだから。と互いをおもいやっている間があぶない。

　セミナーでは同人誌で見おぼえた地名やお名前の詩人の方々が親しく談合されて、交流とは誠にこのようだと、末席でもっぱら傍観体制ながらも感慨無量だった。活気ある雰囲気に詩人文化の華やぎと豊かさ、地道な努力を見たように思う。

　明くる二日目の仙台では地元で活動される詩人清岳こうさんの車に便乗させていただいた。荒浜に、名取に、日和山に行きたい、と懇願した我々の願いを受けてハンドルを握ってくださった。車からの風景、車から地面に降りて風を受けながら倉橋健一さんの書かれた次の文章につきあたる。東日本大地震の後間もなくこの地を歩かれ、状況をつぶさに「閖上、荒浜で考えたこと」として記されている。

津波は地上のものを攫っただけではなく、土ふかく抉り取ろうとしたのだ。破壊の凄さはここでは映像などは届かないいちばん深いところにあったのだ

（「ACT」12／5月号）

八年を経た現在瓦礫は片づけられ、地域のいたるところでかさ上げするための盛り土をしている。太平洋の波の音が腹の底めがけてぶつかってくる。空の雲、その下に更地の続く空間。だから空と地面のあいだが狭く今にも空が落ちそうに感じた。その空間をクレーンの不気味な無機質の腕が機械音を響かせて動く。この地で地震や津波は何度も繰り返され、めげずにひとびとは根を下ろし生きてきた、とも、展示してある掲示パネルには書かれている。人々がそうやって歩んだ時代を地層は黙って積み重ねていく。「生きとし生きた苦楽の和」が堆積していく。

海岸に向かう道路の視線の先に、どこまでも壁のように長い防潮堤から白い波の先がし

ぶきを見せる。わたしの住む瀬戸内海大阪湾の海とのあまりの違いに驚き、怖くもなる。海で働く人たちはなんとたくましいのだろう。あの海を相手に生業としている。

仙台は駅前の銀杏並木が色づいて秋真っ盛りだった。と、こんなありきたりの単語を並べたところでは詩になっていない。同行した詩人面々が途方もなく遠くに思えて仕方なかった。

「なにヤとやーれ　なにヤとなされのう」（詩集『唐辛子になった赤ん坊』より　初出「草束」30号）

「換骨奪胎」——次元を遊離させない日常生活の濃さ

2020年の旧正月を祝う春節（1月24日〜延長されて2月2日）ごろから、新型コロナウイルスがじわじわと国内にはびこりはじめ、2月中旬には身辺に警戒と不安の色が濃くなる。高齢夫婦二人暮らしで呑気にしていたが3月から一変した。近所に住む息子が在宅勤務になり、学校の休校処置による小学生の孫と共にわが家に合流する。買い出しに食事の支度にと日課が変わった。そうしたおり、倉橋健一著『人がたり外伝　大阪人物往来』（澪標）が出版された。閉塞感が日ましに濃くなりつつある日々だったので、文学の香りたかく遠来の客が華やぎを連れて、と喜ぶ。帯文の「近代社会に活躍した43人の文人たちによる――」が目に留まる。大阪をよすがとして織りあげる文化、他所では類をみない並外れた個性あるひとりひとり、まるでその種や仕掛けがここにあったのかと思われるエピソードの数々に引き込まれ久々の読書時間を得た。喚起されて『いま、漱石以外も面白い』（2016年　澪標）や、『大阪府の民話』（ここでは和泉市の「くずの葉ギツネ」再話　1982年　偕成社）も懐かしく取り出す。

ところで倉橋健一の最近の詩作品にはこだわりのキーワードがしまわれているように思う。それはひとの死の場面が設えられ丁寧に元気よく描き込まれているところ。だれにもある興味や関心だけれども越し方への郷愁に甘んじない。その瞬間を、あたかもそこを歴史の流れの釦でもあるかのようにみえる死を（高齢になれば茶飯事と同列におじけなくこの単語が隣り合う）詩の素材のひとつとして敢えて選び向き合っている。先の『人がたり外伝　人物往来』では人物や周囲に見え隠れする秘話や逸話をとっておきの面白みを帯びて語る。ここは素直に、出された料理を堪能する。ところが詩篇になると油断できない。見なれた文人の名とともに、そこに描かれている映像に自身の現身や死の姿、その刹那が投影される。しかも巧みにおぼろの世界にいざなわれ、迷子になりそうになるのでうっかりは禁物。ひとは誰しもそうした場面をわが身に置き換え心に描くのはごく普通だろう。詩篇に表すのは尊厳につつまれた強さに秘めた寛容、死を凝視した自身と他者への愛ではないか。

そこで、ここでは部分になるが、それとおぼしき箇所をあげてみる。

少年なのかわたしなのかその分別すらつかなくなっていた

（隠れキリシタンの里にて）

判別のつかないまんま重い足取りをかさねている

（同）

タイトルから、のち日本二十六聖人の殉教といわれた長崎のキリシタン処刑や、江戸時代島原の乱を想起させるこの詩は6行8連構成。村に潜む異教徒を探し出す場面の、役人に追われる住民を襲った悲劇のあらましを俯瞰する視線で物語にしているが、いつのまにか語り手自身が夢想する位置から、紛れたまま（現在に）降りようとしない。この詩が生まれた前年２０１８年６月30日には、『長崎と天草地方の潜伏キリシタン関連遺産』として長崎県と熊本県に残る12件の構成資産が世界遺産になり度々報道され広く知られるようになった。そこでわたしも遠藤周作『沈黙』（新潮文庫）を読み返した。小説でキチジロウや村人、日本人の名をもらった宣教師の苦悶が肉迫する。よく知られた史実を軸にした「隠れキリシタンの里にて」も、歴史を追いながらあたかも現場に居合わせでもするかのように紛れ込み、視線はいつしか密告者なのか火刑台の殉教者なのか自身かさえ混沌として靄に包みこむ。ある出来事を詩の物語に編む場合の常で倉橋健一は、こうした物語の配役の中に自身がひとつの役になりぐいぐいと話をすすめ、ときには疑問符の顔をして読者につきつける。歴史の中に隠された引っ掛かりがポイントになり詩のかたちに生まれ変わることで意味が深まり、問いかけが大きくひびく。仕上がりは現代にマッチさせているのも技ありといえる。

大事なことは告白すること、告白の中に自分を閉じ込めることに
映じたのだった
（わがよせよせ問答）

風がないのに揺れている窓の外側
地殻変動の情報など入っていないから
私は末期の神秘を信じるしかない
（同）

登場する人物たちのきらびやかさ。ベートーヴェン、小林秀雄、中原中也、長谷川泰子、風の又三郎、魔女、ロマン・ロラン。連はおのおのが膨らんだり萎んだりする。全部で6連59行が、次々とタスキをつなぐように話の核を受け継いで終連へ。とはいうものの、諸説連ねてああでもないこうでもないと道草しながらそれらも含めて肯定し、「神秘を信じる

しかない」と口を閉じる。つまり末期は神秘的だと納得させる手続きになる。告白、する
ことでおのずと解放され、それはまた迷路に似た孤独深まる路線をすすむことになる。

現し身の時間

この子はもう死んでしまったのだ
この子にとって火刑台の時はとうに過ぎているのだ
昨日の夜も私にとっては相変わらずの不眠の夜で
そこでかわいそうな童女には（白雪姫には居た）あの小人たちは居ないのだ
という酷い現実、童女のかぼそい運命が眠れない私の思惟になっていった
暁方になってようよう眠りについている、毎夜のことだ
なぜか影の薄いひとりの童女がせせらぎの音に誘われて
遠近法のとおい彼方、不思議に母親の体臭をしのばせるうしろすがたを湛《たた》えている
あとはあっけない現実だ、腰に負担をかけながらのろのろ起きあがる

（「時刻表」6号19／11）

「現身の時間」の視野は童女。年齢が高まれば若いひとの鮮度に刺激され背中をおされもするけれど、おやおやと引きとめたくもなる。ふみ込めないジレンマ。傷め、にじる、昨今のおとなの醜態記事が引きも切らず報道される。詩人は、あの白雪姫にも居た守るがわの小人、が現在のそこにはなぜいないのだろうと嘆く。この1行には感嘆した。話題が生む緊張、をほぐすべく、ことばかり適役を抜擢する手腕はさすがといえる。惜しくも略した箇所を書き添えると、詩の冒頭「石材を用いた村はずれの小さい橋げたの袂」は『大阪府の民話』で再話された「くずの葉ギツネ」のはじめの箇所に当たり、石橋の下にたたずむ美しい女（実は狐）は夫を好きになれず家出をしてきた。そこに通り合わせ事情を知った男が自宅に連れ帰る。男との幸せな日々は束の間、隠し忘れた尻尾を見られてしまい泣く泣く山に姿を消す。あとに残されたこどもは苦労する。と、馴染みの「葛の葉伝説」も透かし絵に、配役には自身の幼少時代がいつの間にかすり替わり、若い頃の母親を記憶から手繰っている。そんなこんなも夢のできごとだと、目覚めて唖然生身の自分を見守ることになる。「遠近法のとおい彼方」の表現が絵画の手法で分かりやすく、読者も無理なく絵巻物を繰るように誘われる。例によって夢と現を行ったり来たり手品のよう。現代の社会に発生する現象、抗いきれず魔に圧し潰される残虐さ。思わずそこに自身の来し方はどうだったのかと、無意識に軌跡をたどっている。語りつくせない物語がふとまた湧き出てくる。
そして最新の作品「換骨奪胎」へとつづく。

元禄八年九月十日
邪教徒にたいする処刑は終わった
仕置人夫たちが存分に火腫れしてすでに誰が誰なのか
見ただけではもう見分けのつかなくなった犠牲者達を
火刑台から降ろしている
私はとおく離れて竹矢来に顔をくっつけて
そのなかの（ひとつの）死体を見つめている
なぜか
つい先ほどまでは
（今、人ガ死ヌトコロデス）自分ノ中デ鐘ノ烈シイ音ガスル　何カ物足ラヌ様ナ怒
ッテヤリタイ様ナ気ガスル。ソノ気持ガボウト赤ク見エル。赤イモノハ音ガスル。
ダンダン動イテ来ル。燃エテキル。ヤア火ダ。
という不思議な死にゆく者の放つ冷たい声を

私自身とそっくりの声で
聞き届けていたのだった
そのせいもあってか
あちらに居るのがわたしなのか
こちらがわで聞き届けていたのが私なのか
実に奇妙な宙ぶらりんのままで
ただ私は（いつもの例の）内緒ごとのひとつとして
聞き漏らすまいとしながら
ひそかに自分の火傷の体験なのだと
信じていた

言葉を替えよう
あれはまちがいなく燃え滓になった自分の声だ
なぶられっ放しの身にしてはしっかりと
自分で送り込んだ吐息のために肺が焼かれ
心臓が溶けていくのを

内視鏡で見ることのように見つめている
それにしても四百年も昔のことだから
(長生きしているわけではないのだからなぜだろう)
やはりここは忌《い》ま忌《い》ましい
夢見の悪い夢の類《たぐい》として片づけてもよいが
血統を逆流させて調べあげてみたい気もどこかでする
父系でか母系でか
とかんがえていると
うつ伏せになって発するようなしぶい声が
またしても耳を襲った
　然シコレハ間違デ今ニサメル。ヤ音ガスル、熱イ、アコレハ熱イ、火ダ火ダホント
　ウノ火、
　アツイホントウノ火ダ、アヽココハ火ノ五万里ノホノホノマンナカダ。
ここではもう懐疑をかさねて
少しばかり神妙になってみるしかない
神妙な殉教者にまぎれこんだたったひとりの異端者(横着者)よ

その声にはどこか媚薬の匂いもすると
私は魅せられて（彼岸からやってくる）
自分そっくりの声を
今更のごとく粘りづよく
待ち侘びる

＊宮沢賢治「復活の前」から。本文はひらがな。

その「時」を思い描いてはあゝだこうだと仰るご本人を前にして、傍の者は口ごもりながらも、ここではたと気づかされる。なだかんだ姦しくする周りはすっかり読み取られている。事あるたびごとにわッと駆け寄る幾十人もが、てんでにわさわさしていてもいつしかシンと向き合って膝を突き合わせている。どの場面を思い描いても、歳月を経て育まれた在るべき共同体。これはどんな時も（そう、幸いなる時もそうでない時も）変わりはないだろう。詩の題材は死だけれど詩の幾篇かをとおしてみると、様々パターンを思い浮かべる画家の習作ノートの幾篇かで、静止したその時、に向き合い架空のドラマを引き寄せる。そして行き交う光景を関連遺産のように人生や文明を俯瞰的に巨視的にみる。それは「どこか媚薬の匂いもする」し、「待ち侘びる」と。

このたびの「復活の前」は、『宮沢賢治全集8』（ちくま文庫）の生前発表初期断章に収録されている。その書き出し「春が来ます、私の気の毒なかなしいねがひが又もやおこることでせう、あゝちゝはゝよ、いちばんの幸福は私であります。（全16連の1連目）」の、苦しい息のとぎれとぎれにも思える詩行を読むうちに、柵に足をとられる重さが伝わる。賢治自身も父を思い母を労り、家業、信仰、真実を問うはざまで苦しむ故に炎は激しく活写されもする。もがくそこから前に進んで行きたい、行かなければと願う行程が描かれる。ちょっと視線をずらせば自然はそのただなかに身をさらして生きている。冬を耐え、訪れる春に重ね合わせた賢治の苦悶をなぞり、「換骨奪胎」の骨組みへと図面が描かれたと、わたしは想像を膨らませていく。そして内容や熟語の意味をたどりひとつひとつの選ばれたことばたちのおもももちを認識し、タイトルが引き受ける重さを知らされる。

さて、毎日やって来るようになった孫はパソコンで配信される動画を利用して一日の時間割をつくっている。そこでウイルスに関する番組を一緒に観ようと誘われた。生物は菌やウイルスと共存する宿命で常に攻防戦が繰り返されている、と改めて学習した。菌の存在を再認識させられる。在宅勤務をこなす息子も傍らで仕事をしている。それぞれのパソコン画面を前にして会話がある。老夫婦だけでは想像もしなかった刺激的な日常がつかのまでもあり、彼らと昼食を共にしながら、思いがけない機会を得たと思っている。緊急事態宣言が発出される事態となり、そのうえまた別の災害が勃発しないようにと願うばかり。そんなこんなでまだしばらくは部屋に籠もる暮らしが続くかも。（3か月のちに分散登校の段階を経て通常になる）

倉橋健一の詩はわたしの狭い視野を広げ、手にしえなかった書物を紐解く得難い機会になっている。詩篇には逆説、仮説が織り込まれ、めあたらしい説が乗っかる。何事にも枠を嵌めない姿勢が魅力で独特のリズム感にも気はそそられる。はずれないように音符の端っこにぶら下がっていなければタクトの先を見失う。いや、静止画と思いきや8K画像になっていたりする。

「換骨奪胎」（「イリプスⅡ」30号）

「よみがえる灯」――点滅の呼吸を道標として

わたしの場合、絵画をまえに心の中には次々と思いがわきあがりことばに変換してはいるけれどそれを文章にすると味気なくて、絵に描かれているオーラや情感がうまく他者に伝わらない。こうした誤差は詩の観賞でもある。一篇の詩に描かれた静や動、風景、音色などを伝えようとするのは簡単ではない。読むうちにこころが透明になったり、未知の出会いを楽しんだり、たった一文字に救われもする。「よみがえる灯」から受けるしずけさは画布の水面を鮮やかにして風景を映し、波紋をおさえながら穏やかな海原へと航海に誘う。年明け早々から、世界を席巻する新型コロナウイルスの恐怖がもたらす息苦しさを、ほっと解放させる広さがあった。

「よみがえる灯」を順にたどる。

日が昏《く》れると
海はすべての輪郭をなくして

ばっさりと巨大な一枚の葉っぱ
にもなったりする

とおい昔　水夫たちは
こっそりと船底に集めておいた蛙の鳴き声
を未明の甲板に連れ出しては
合唱を楽しんだ

手風琴を鳴らすように
地上から送られてくる光があった
きりきりとよく引き締ったかなたがあり
瞬《また》きの元には芽を吹きだすばかりの匂いもあった

一行目からこのまま行き過ぎられない何かがあり、つま先を、こっちだよ、と引っ張られる。先を知りたくなる仕掛け、誘い込む流れが「と」に存在している。太陽が落ちてからの海上が船乗りたちの目線で描かれ、夜の海は「ばっさり」と昼間の幕を切って落とし、空と海との境界線を消し「輪郭をなくして」いる。「一枚の葉っぱ」になって鎮まり、闇へと気配を変えた。このふたつのことばに助けられてほとんど感覚的に眼の中に情景が描ける。つづく二連目はその海に浮かぶ一艘の船になる。乗組員たちの粋な趣向が紹介されている。かつてはこんなふうにして長い航路を慈しんでいたのだと、波間にある平和な様子がつたわり「とおい昔」に思いを馳せる。「未明の看板」、今でいう真夜中三時頃か。そこに届く光は「手風琴を鳴らす」ようだという。アコーディオンに例えたのはなぜだろうか。敢えてカタカナ表記ではないところにヒントがある。漢字だと風、琴、そしてひとの感情をもった手がある。それらが合わさり醸し出す情景を狙っての「手風琴」がいい。「きりりとよく引き締まったかなた」との対比は鋭角になろうとする秒速の視線をやわらかく受け止める。乗組員の緊張がぴんと張った糸のよう。こちら側の張りつめた世界に、間断なく「芽を吹きだすばかりの匂い」をもった光が届く。光を発しているそこは温かな生物の営みがある。確認できた安堵感。懐かしい陸を見届け、自分との距離が実感される瞬間の無機質ではない「手風琴」だからこその役目。視覚、聴覚、臭覚を質の良い素材（単語のひとつひとつ）でくすぐりながら詩情が豊かに描かれる。喩の力の大きさを知る。三連を通して場面を自分の絵として描いており他者の色や感覚で混ぜられない完成がある。しかも読み手は水夫とともに遊びたくなる。そしてひと心地そのものだという灯りの正体が次に知らされる。

灯台！　青春の血を永遠に蓄えた郷愁《ノスタルジー》
友が島の灯台は北緯三四度一六分三九
東経一三五度〇分一二に位置し
紀淡海峡を航行する日々六〇〇艘の舟を守る

明治五年八月二十三日初点灯
身長十二・二メートルの白色石造燈塔は高台にたち
九〇センチの回転灯台からは赤白二つの閃光が
たがいに交代しながら二〇・五海里の海を走る

紀淡海峡に浮かぶ友が島は、天気さえよければ須磨海岸から視野に入る。海峡の先は太平洋。淡路島と和歌山が足元を譲り合うすき間に水平線がちょこっとある。そこの左寄りに島がぽこりとあり、往来する船舶の影がゆっくりと現われ消える。夜には「二〇・五海里の海を走る」ひかりも見届けられる。その場所をペラゴス神戸の仲間たちと2000年に訪れる機会があった。案内を引き受けてくださったのはもちろん倉橋健一さん。雨がそぼ降る岬を歩いた。島には『栄光の残像』の表紙にもなっている魅惑的なレンガの古い建造物がある。「要塞址」と題された詩にはその面影が織り込まれている。作品の断片的な紹介になるが「低くたれこめた雲のなかで口を噤《つぐ》み」「ここには弾薬庫があり兵站基地があり兵舎があったろう」「だが咆哮を聞くことはなく戦は終わり」「島はもうよけいに化粧することはないのだ」などの箇所で、明治の時代から昭和初期までの、整備された要塞の姿が目にうかぶ。軍の車や馬や食料が運び込まれ活気があったろう。その道はすでに樹々に覆われ、鹿が棲むという森で緑色したきれいなどんぐりを拾った。建物の暗がりで巨大な蝸牛に出くわし腰がぬけそうになった。昔から島そのものは生き物たちの棲息域でもある。今も釣り人を楽しませているし、一周ウオークのツアーご案内の広告には「島全体が国立公園に指定され、白亜の灯台やかつてこの島が要塞だったことを忍ばせる赤いレンガづくりの砲台跡、紀淡海峡を一望する展望台など」（産経新聞二〇二〇年六月一一日）とあり、人気は衰えていない。

その灯が消えた日々がある
長い戦争がつづいた昭和二十年三月十八日を最後にして

艦船機の攻撃から身を守るために
敵の標識にはならないために

灯台は悲しみながら
自家発電の音も消して沈黙に入っていった
うっすらと埃《ほこ》りをかぶり
枯れた光を殺《そ》ぎながら

よみがえるのは戦争が終わった翌日だ
放たれた祝祭の灯はぐるぐると海をめぐった
ああ平和！　夜空に光は鐘を兼ねて
還らぬ人の身代わりにもなって

一万何千という日々が過ぎて
この日私は葉の色やかたちを見るのと同じ感情で
みごとに根づいた燈塔を見上げている

昼下がり、塔は今まどろみの真只中にいる

「灯台は悲しみながら」「枯れた光を殺ぎながら」身を伏せたのだ。戦火をくぐったひとの心情が代弁されている。そしてようやく終戦までこぎつけ「還らぬひとの身代わりになって」鎮魂の灯りを送った。「この日私は葉の色やかたちを見るのと同じ感情で」この行には灯台に込められた愛情がある。灯は船乗りの命綱として「みごとに根づいた」存在となった。

『栄光の残像』の題名にあるとおり、かつて活動し地域に繁栄をもたらせ文化の発信元になった合計三十六の近代建築・構造物の写真（白黒）、面影を語る詩、たがいの奏でる郷愁の歌が調和して心地よくつたわる。巻末では個々が詳しく解説され更に理解を深める。随所にある現実感を詩の存在がお洒落にし、建物を物語の主人公にする。主に関西の建築、住宅、構造物だ。華やかだった過去を背中に、いまはしずかに在所の風景のひとつになって佇んでいる。並ではない栄枯盛衰をまとう威厳がある。これらのいくつかにはわたしも個人的にだが、会合での利用や、季節行事に関連して友人と訪ねるなどしている。御影公会堂、舞子ホテル、志賀直哉旧居、通天閣、余部鉄橋、大山崎山荘。改めて頁を開くと写真にある風景は新鮮で、詩を読めばまた時代の空気感を追体験できる。『栄光の残像』で灯台をとりあげた詩篇は他にも、与謝野晶子の出身地である堺市「旧堺灯台」がある。「あけぼの」と題され、「海恋し潮の遠鳴りかぞへてはをとめとなりし父母の家」と晶子の歌が添えられている。前半分を紹介しよう。

風が出たよ、雲が割れて月がかくれたよ
夜ふけて雨が降っている
灯台の緑色の灯《ひ》が
海面を長い帯状になってめぐりながら
今日もまた手を振るような合図を送っている
雨に濡れ
ずんずんと哀しみを倍加させながら
味気ない歴史の暮れ方を
照らしている

まるい帽子をかぶった小さい灯台よ
こんなこともあったね

陽があわい午后
縞模様の袷《あわせ》を着て袴《はかま》をはいたむすめが一人
六角錐形の木肌に身をもたせて
雁行する船を見つめていた
はげしい想いがちぎれては
綿になってすっ飛んでいた
吸収する潮
みごと潮にくるまわれた歌はあけぼの

時代の節目を泳ぎ切ろうとする若さがみえるよう。(歌は明治37年刊行の歌集「恋ごろも」から)「ずんずん哀しみを倍加させながら」明治が後半へと動いていく。日本は外国に向き合うためにひろく技術の開発が必要だった。現代のＡＩ技術の浸透と似ている。あれよあれよとのけぞっている間に関連した外来語の氾濫にはもはや頓着する間はない。さらに通信機器は進化しペンと紙の手書きは廃れてしまうのだろうか。正直なところわたし自身もパソコンの高度な知識がなくても広く流通したおかげで文章を書く挑戦ができると感謝している。ネットも頼りない利用だが日々助けられている。恩恵は大きい。『栄光の残像』発行当時、茨木のり子『倚りかからず』（筑摩書房）が話題になった。「じぶんの耳目／じぶんの二本足のみで立っていて／なに不都合のことやある／倚りかかるとすれば／それは／椅子の背もたれだけ」（「寄りかからず」一六行中最終六行）と、ワープロ、インターネット、車を相手に「そんなに情報集めてどうするの／そんなに急いで何をするの／頭はからっぽのまま」（「時代遅れ」六連中二連目）だと揶揄する。加速するばかりのネット社会にわたしも抵抗感があったので、うまく代弁してくれたかのような一冊だった。その後は目にもとまらぬ速さで浸透したそれらの道具を至極当たり前に日常に使い（もはや必需品となって）、慣れ親しんだ詩人たちが次々と新風を吹き込む。

ところが倉橋健一の詩には一貫して現在にいたるまで手書きの速度をおもわせる独特の間あいがある。パソコン式文字と情報の整列（わたしのような）ではない戯れが存在している。それは常にことばの豊穣、空間の開放、成熟への希求があるからだろう（誰しもそうだが誰もは到達できない）。この度の新型コロナ騒ぎの最中、私事ながら境地にさしかかったり、感動の沸点に舞い上がりしながらも本当に欲しいのはことばだった。饒舌なことばの裏側に貼りついている暗部、遠回しの消去、などをさぐりながら読み、会話するのとはちがって自由な膨らみの空気感があり、しかも余白に入れる安堵感が加わる。鮮明さにある深さとでもいおうか。（ばらつく開放ではなくて）イメージに引き寄せられる状況はまるで瀬に遊ぶ楽しさに似ている。倉橋健一の詩篇にはことばを集約し活用する職人技がある。

〈ずんずんと哀しみを倍加させながら／味気ない歴史の暮れ方を／照らしている〉〈六角錘形の木肌に身をもたせて／雁行する船を見つめていた／はげしい想いがちぎれては／綿になってすっ飛んでいた／吸収する潮／みごと潮にくるまわれた歌はあけぼの〉

これらの詩行には「あけぼの」らしく辿りつくための必要なことばが、花びらが水面を流れるように寄り添ってくる。哀しみの水滴が瞼に溜まりまばたきすればどっとこぼれ落ちそうになる。一行の糸は一本にみえて、幾つもの糸が絡まり合わさった色や形で綯われている。ふと「雁行」を見上げる停滞は、矢印を揃えるための色気ある間になっている。だから光も屈折も描きこまれる。ここで互いに均整を取り糸は引き寄せられ、「あけぼの」となる。バランスを探りながら選択されつづけることばたちが関連し合い、単語にある持ち味を発揮する。強靱なマネージャーにスカウトされ、詩は遠景から黄金比を生む。で、ありつつ絵物語は情感さえくすぐられ、おだやかでうつくしい。ＩＴ機器の練達とは関係なく不思議なことばの並び方といえる。（個性ある文体といえばいいのだけれど、平明すぎて）

ところで灯台の灯にはロマンが漂う。この詩を読むうちに思い浮かべるのは宮沢賢治の

『銀河鉄道の夜』（新潮文庫）に登場する灯台守がいる。灯台守は（ひとのさいわいのためにいったいどうしたらいいだろう。）と、ふさぎ込むジョバンニにこんなことを言っている。

「なにがしあわせかわからないです。ほんとうにどんなつらいことでもそれがただしいみちを進む中でのできごとなら、峠の上りも下りもみんなほんとうの幸福に近づく一あしずつですから。」（九、ジョバンニの切符）

「よみがえる灯」の詩行には戦火を潜り辿った平和へのながい道のりがうたわれている。新型コロナウイルスも第二波、第三波があるといわれる。辛抱強く得策を練り知恵を出し合い、今こそ最新機器を駆使して「芽を吹きだすばかりの匂いが」ある灯りの存在を忘れないように、この二〇二〇年を歴史に刻む。

詩・写真集『栄光の残像』２０００年　澪標

詩・倉橋健一

写真・細川和昭

水先案内・足立裕司

（初出　近畿建築士会協議会発行の月刊誌「ひろば」）１９９１年１月号より93年12月号）

「わが災事記」――対攻防戦は一字漏らさず押し葉にして

思い起こせば、暦の日めくりが２０２０年も去年今年へとカウントされ、その御用繁多に紛れてＣＯＶＩＤ‐19は目にも止まらぬ速さで世界を席巻した。不意を突かれ大慌てに縄を綯うもやんわりかわされた7月末、前にもまして強力な第2波となり、根比べ知恵くらべになってきた。断りもなく国境を越え上陸してわずか半年そこらである。その最中、「イリプスⅡ」31号「わが災事記」は忙中閑ありの、いや、これしきに動じてはおらぬと密かに策を企てる。

連日各紙報道のおかげで、おっかなびっくり腰が引けていた市民も、この感染症についてはそこそこに知識を得、対応を学んで（他国との比較検証もできて）いる。このように医療を専門とする方々はじめ国際研究チームも対策を打ち出し、その都度更新されるけれど、それとは真逆の、とりわけ文学、絵画、芸術などの創作活動を生業とする表現者の立場は複雑といえる。日本国民こぞって同じ網に掛けられ、ひきずられているかのよう。つきたての餅を千切って投げるようにはいかない。砂漠に一輪のバラを見つけるほどになるだろう。「わが災事記」を読むうちに、ひしひしとその感をつよくした。奇をてらわないことば、誰にとっても（今はわがことで）数か月に経験した知識のひろがり、そこに求められる共有や制約の日々が無尽蔵に過ぎるような虚無感。そこに浮かぶ滑稽な振りにもみえて笑えない悲哀がうたわれる。

とおい昔
ローマ人の熱病治療法は病者の爪をつみとって
その切り屑を蠟といっしょにこね合わせ
夜明け前に誰にも気づかれぬうちに
隣家の扉にくっつけておくことだった
熱は隣人へと移っていくはずだった

子賢しくて陰気な遁れ方だと嫌気がさして
ローマ人への関心などもう打ち止めにするつもりで
先ほどからだるく倦んでいる両手に目線を移すと
いつのまにやら爪ぜんぶがセピア色になっている

手首をだらりぶら下げて振ってみる
だからといって不快が去るわけではない

そういえば「熱に引きさかれおれは留守だ」と紙切れに書いて
誰かのポケットにしのばせておくとやがて熱は騙されて去っていくという
珍奇な治療法も記されていて
こちらはひとしきり真似るつもりになってみるがそれにも飽きて
するとたちまち百年前までもどされていった
五億人が感染し五千万人が死んだとも噂されるあのもの凄い　パンデミックの日々

あっちを向いてもこっちを向いても不快の連続
目に見えない病原体《ウイルス》にひたすら苛立っている
こっそり移したつもりでもこっそり移される順繰り
そこで三つ巴になっている
いつのまにやら爪たちには熱も籠もり
カーテン越しには稲妻も誰かにたえず拒まれている

ところで「イリプスⅡ」31号には「今、思うこと――時代相としての文学　上」と題して（「今、思うこと」は２０１５年からシリーズ中）エッセイが掲載されている。今回はその冒頭で語り部について触れている箇所が印象深い。原稿用紙30枚からの文学エッセイは、ひろく親しまれている作家たちの名を挙げ具体的且つ説得をもって語られる。随所に「わが災事記」と響きあうものがある。そこから短くあげてみる。

――語り部が古代も現代も語り言葉を手がかりにしたのにたいし、文学のばあいは文字（永久性をもつ存在）に依拠したことである。おかげで幕引きを強要されない。――

――生活社会の時代相が映し出されたのは、もともとそこに宿命としての語り部が属性のひとつとしてジャンルそのものに潜在していたからであろう。――

――時代の証言（かけがえのない原体験）を語るものという側面から捉えるとき、原民喜のもっていた属性としての無垢が、逆にいまとなっては、証言性としての厚みをもつ――

そして原民喜の『夏の花』に触れ作品も引用されており、わたしはとても理解しやすかった。ひ弱な子供みたいだった民喜に小説を書くよう励まし続けた妻を結核で亡くし、墓のある広島で家業を手伝ううち被爆した。「毎日心のなかで生きる妻への報告」を書こうとしていたノートに、「書きたいともがきながら、死にゆくものを記録することになった」広島原爆投下直後の被爆者の生活体験記録が書きとめられていった。と、こう読んだときに「わが災事記」が見えてくる。もちろん何かを書きはじめる動機は個々人あるのが当然で、その多くは計画性をもって企画されもするだろうが、いくつものたまたまが連なり集まり結果として形を見せる場合もある。倉橋健一の言う「属性としての無垢」が、真実味や偶然性の起こすつまづき、驚き、絡まりなどが作品を織り上げ模様となり生々しく読者に受けとられる。たまたまのひとつ「属性」のそこが、四の五の言わせない重りになる。「わが災事記」もこれらの彩があると思った。フレイザーを呼び込んでいるらしいが、詩行一行目に「とおい昔／ローマ人の熱病治療法は――」とある。あたふたせずに先人たちの書き記した箇所に難を突破するヒントがある、と。

ここにあるパンデミックは、死者数から見て第一次大戦時期１９１８年から19年に流行したスペイン風邪。日本でも45万人が亡くなっている。この時代を生きた与謝野晶子は「感冒の床から」を横浜貿易新聞に発表した。――家族が次々に感染した経緯に基づいて書かれたもので、「政府はなぜ逸早くこの危険を防止するために（中略）多くの人間の密集する場所の一時的休業を命じなかったのでせうか」と国を指弾する――。と、これは2020年7月28日の読売新聞のコラム『疾病　刻まれた教訓』によるもの。おなじ紙面には他にも、京都に住む当時12歳の少女の日記が発見されたことや、疫病の流行を伝える石碑、犠牲者を弔う慰霊碑の写真も掲載されている。わたしはこの記事を読んで「感冒の床から」を詳しく知りたくなりネットを検索して少し解った。解熱剤を貧富の差なく使えるように計らってほしいと、薬の名をあげて書かれている。高価な薬は誰もが手にはいるものではなかった。真実味がある文章で、孔子や列子の名を連ねるところなどは説得力がある。ちなみにこの流行により、松井須磨子が感染し、つきっきりで看病した島村抱月は亡くなったとある。さらに、ガーナで黄熱病を研究していた野口英世の母シカの名もあり、この度の感染症流行で命を落とされた方々のニュースが現実性を帯びてくる。「わが災事記」にもどろう。三連目はそれだから笑うに笑えない切実さが臆せず顔を出している。

そういえば「熱に引きさかれおれは留守だ」と紙切れに書いて
誰かのポケットにしのばせておくとやがて熱は騙されて去っていくという

この治療法が実現すればいいのに、と、本気でわたしは思う。人工知能を駆使して遠隔操作し、直接ひとが触れなくても検査や治療ができるようになった。科学を信じる云々以前に、ひとは心のよりどころが欲しい。ドラえもんに頼んでCOVID-19を可視化してもらいたいし、アマビエにも早期根絶を祈願したい。それで混沌から脱出できるのであれば「紙切れ」を山と積まれてもせっせと筆を動かすだろう。人びとはそうやって厄災を祓うために祭りをし、祈りを捧げてきた。この二行の存在が詩をほっこり明るくする。陰湿に引き込まれそうな流れを止める。滑稽だけれど真面目に実行していそうな姿まで思い浮かび、失礼ながら笑ってしまう。しかし現実社会では、偽メールがまことしやかに拡散するし、振り込み詐欺も後を絶たない。悲しいけれど「熱は騙され」ない、ひとは騙される。正しく恐れる、と誰かが言っていた。最終連にあるように病原菌は「こっそり」と「順繰り」され、もはや「カーテン越し」には稲妻も誰かにたえす拒まれている」状態がある。過去の年代を繰りながら倉橋健一の詩を読めば、震災、社会の歪み、抗えない民族の流転など、最近では死の刹那に鮮度を与えうたいこんでいる。「わが災事記」には、いだてんのような活動の速さがあり驚かされる。すぐさまフレイザーを手に、アマビエを忍ばせサイレント・キラーに向き合っている。

隠れ蓑を忍ばせるこの厄介なCOVID-19には改めて学習させられた。うっかり、のことばがぴったりなほど言い訳できず、生命の強さを過信していた面が曝け出された。一冊の絵本を読み返している。エーリヒ・ケストナー『どうぶつ会議』（1954年　ワルター・トリヤー絵　光吉夏弥訳　岩波書店）。人間はいつもいつも会議、会議、又会議でいまだ終わらず、いったいどうなっている、と問いかけている。魚みたいに水にもぐり、動物のように走り、カモみたいに水の上を滑り、ワシのように空を飛ぶこともできるというのに、戦争までしでかす。国境をなくせばいい、と動物たちが提案するが、「ばかげた話だ」と攻防戦になる。このたびの感染症はやすやすと国境を越えている。人間が作った国境は人間以外には無関係、とわかり切ってはいる。動物も食べて生きるために縄張り確保に命を掛けるではないか。けれど命がけのそこが、人間とは違っている。宿命といってしまえば、やはりかなしい。

エッセイの末尾にはこう記されている。織田作之助の作品に触れた後で

——この人たちこそはたえずおのれの甲斐性ぶりを試される個に生きる人びとである。つまり思い思いで制服や整列の似合わない階層の人であり、そこを大衆化するかぎり、具体化ならざるをえないともいいうる。

『どうぶつ会議』のなかでの動物と人間の攻防戦、蛾の大群がやってきて、あらゆる制服制帽をひとつ残らず食い散らす場面がある。しかし人間はすぐさま同じものを生産し、むしろその力を見せつける。何のこれしき、と力むが、動物たちは次の作戦で、人間のこども達をひとり残らず連れ去ってしまう。ここでも『星の王子さま』(アントワーヌ・ド・サンテグジュペリ　池澤夏樹訳　集英社文庫)にある、大切なものは目に見えない、が浮かびあがる。人間の尽きない欲望を再考せよとでもいいたげなこのたびの感染症、そう思えるのはこの衝撃波がまだうねりを鎮めていないからだろうか。きっと辛抱強く心の眼を澄ましていればヒントが聞こえてくる。

「わが災事記」(「イリプスⅡ」31号)

あとがき

「詩とは、本質的につまずきの石そのものでなければならないはずである。」は、二〇一四年二月に発行された『倉橋健一選集』第一巻（澪標）で、「つまずきの石」と題された短い文章のむすびのことばです。また、「誤読を是とせよ」（『詩が円熟するとき　詩的60年代還流』二〇一〇年　思潮社）も。

これらの文章は、頓挫するわたしの歩みに力強い指針となりました。ことばのとおり、気長に見守ってくださる懐のおおきさには、国際線のロビーにいるような活力と安心があります。とはいえ、自己流をかこってはいないか、甘んじていないか、と懸念するそこに畏怖が絡まります。ぶつぶつ言ってもにこにこしておられオアシスのようです。視線に学び手綱を幾度も持ち直しての「東海道五十三次」ならぬ「倉橋健一の詩を読む二十五次」でした。こころより感謝するばかりです。

文章教室「ペラゴス神戸」、同人誌「ア・テンポ」のお一人おひとりの支えが大きな励みになり、そのようにして二〇一六年六月から続けることができました。皆様のおかげです。あつく御礼申し上げます。

丁寧に仕上げていただいた「澪標」松村信人氏、この度もまた、ありがとうございました。

二〇二〇年九月　コロナ渦のまっただ中、澄んだ空の朝に

牧田榮子

プロフィール

牧田 榮子（まきた えいこ）

詩集『茉莉花』（1999年 澪標）

詩集『春雷』（2005年 澪標）

『手作りパペット＆八つの小さいお話』（2013年 澪標）

倉橋健一の詩を繙《ひもと》く
——私の「読書ノート」から

二〇二〇年十一月十日発行

著　者　牧田榮子
発行者　松村信人
発行所　澪　標《みおつくし》
大阪市中央区内平野町二—三—十一—二〇三
TEL　〇六—六九四四—〇八六九
FAX　〇六—六九四四—〇六〇〇
振替　〇〇九七〇—三—七二五〇六
印刷製本・亜細亜印刷株式会社
DTP　はあどわあく